JN213275

トレパク冤罪

小宮サツキ

目次

プロローグ

「他人の空似」という言葉を、架空の人間にも使っていいのかどうかはわからない。

だが、料理専門学校を舞台にした少年漫画『虹色プティガトー』の準主役、日下部湊に惚れてしまった理由を尋ねると、妻のさやかは恥ずかしそうにこう答えた。

「え、えっとね……顔も性格も、佑くんによく似てるから……」


ある晴れた秋の日の日曜日。

あと少しで正午になるという時間にようやくベッドから這い出た俺は、なおしつこく居座る眠気を覚ますため、キッチンに行ってフレンチプレスでコーヒーを淹れた。ケトルで沸かした熱湯を注ぎ、キッチンタイマーをカップラーメンより1分長い4分間にセットした。

コーヒーの抽出を待つあいだ、結婚祝いに義母から贈られた揃いのマグカップを食器棚から出し、片方のカップにソーサーを敷いてポーションミルクとスプーンをのせた。抽出の完了を知らせるタイマーが鳴り、オイルをたっぷり含んだとろみのある熱いコーヒーが出来上がった。それを2つのカップに均等に注ぎ、トレーにのせて陽のあたるリビングへと運んだ。

とっくに起きていた妻のさやかは、奥の壁際にある2人掛けのソファに腰かけ、年頃の少女のように目を輝かせて「推し」のお絵描きに興じていた。少しウェーブのかかった長い髪が、しだれ桜のようにタブレットに落ちかかっている。

俺は音を立てないよう、ガラステーブルにそっとトレーを置いた。そして自分のカップを手に取ってさやかの隣に座り、B5サイズのタブレット画面を覗き込んだ。イラストとはまったく関係のない仕事をしている彼女が、日下部の絵を描くためだけに購入した廉価な液晶ペンタブレットだ。

「へえ……ずいぶん上達したな」

よほど熱中していたのだろう。いきなりかけられた褒め言葉に、さやかはきょとんとした目で俺を見た。

だが、それもほんの一瞬で、

「……あ、ありがと、佑くん」

照れくさそうに微笑むと、すぐにタブレットに目を戻し、いそいそとお絵描きの続きを始めた。少し間をあけてから、「コーヒー淹れたよ」と声をかけたが、彼女はペンを握る手を止めずに小さくうなずいただけで、湯気の上がるカップには目もくれなかった。

失望と苛立ちを抑えながら、俺はわざとズズッと音を立ててコーヒーをすすった。ネット通販で買った高級豆のゲイシャだが、俺の味覚が庶民すぎるのか、ネットショップのサイトにずらりと並んだ絶賛レビューほどうまいとは思えなかった。

いや、ちがう。味覚の問題じゃない。高級コーヒーをうまいと感じられない理由は、まぎれもなく日下部への嫉妬だった。

まったく、なんてこった。大学在学中の19歳のときに、バイト先のコンビニで先に働いていた俺に出会って以来、ほかの男には目もくれなかった彼女が、まさか俺以外の男に夢中になる日が来るなんて……というのは少々大げさだが、とにかく、妻の熱いまなざしを独り占めする日下部にジェラシーを感じてしまったのは事実だ。

壁の振り子時計が正午のチャイムを鳴らした。俺がリビングに入ってからもう15分がたっていた。俺がさやかのために淹れたコーヒーはひと口も飲まれないまま、ガラステーブルの上に放置されていた。

釈然としない気持ちのまま壁際の本棚に行き、『虹色プティガトー』の第1巻を手に取った。ぱらぱらとページをめくり、日下部湊の姿だけを追った。

先述のとおり、漫画の舞台は料理専門学校で、19歳の日下部は洋菓子コースに在籍している。入学の動機はいたってシンプルで、幼い頃に食べたケーキのおいしさに感動し、自分も優秀なパティシエになって、あんな感動を子どもたちに与えたい、というものだ。

だが、ずば抜けた製菓の才能があるわけではなく、原宿や池袋を歩けば5分おきにスカウトされるほどの美形であることを除けば、どこにでもいるふつうの青年だ。漫画内での立ち位置としては、女子向けのお色気要員であるとともに、ケーキ作りで失敗ばかりしているお笑い要員でもあった。

「こんな顔だけが取り柄みたいな奴が、俺に似てるって言われてもなぁ……」

お絵描きに没頭するさやかの横顔に目をやりながら、俺は苦い顔でコーヒーをすすった。

第1章　賞賛と嫉妬

1

　さやかの言うとおり、俺と日下部湊は似ているのか否か。翌日の月曜日、同僚の峰岸ひかるに訊いてみることにした。

　俺と同じく、中堅家電メーカー「トキワ電機」の営業2課に所属する峰岸は、三度の飯より少年漫画を愛し、中学生の時分から自他ともに認めるオタク。しかもボーイズラブが大好きないわゆる「腐女子」だが、会社ではその手の話はいっさいしないし、性格も少年のようにさっぱりしているので、同期の中では一番話しやすかった。

　そのうえ、目鼻立ちのくっきりした美人で、モデル並みにスタイル抜群の彼女は、同期の中で一番のモテ女子でもあった。俺の知るかぎりでも十指に余る数の男が、入社早々に彼女に目をつけていた。

　しかし、そこは筋金入りの腐女子である峰岸のこと。男たちからの人気を鼻にかけるどころか、ふん、と鼻を鳴らし、

「べつに、私がモテるのはいまに始まったことじゃないわよ。でも、中2のときに友だちから借りた漫画でBL沼に引きずり込まれてからというもの、現実の男への興味がすっかりなくなっちゃって、当時付き合っていた彼氏ともお別れしたの。それ以来、生身の男と付き合ったことはないわ。それよか、ソファに寝そべりながらBL漫画や小説読んで、イイ男同士の秘め事に興奮するほうがよっぽどストレス解消になるし、短く儚い人生の時間を有効に使っていると感じるの」

と、俺からすればまったく理解不能な理由で、男たちからのアプローチを断りつづけていた。

だが、そんな峰岸だからこそ、少年漫画や二次創作についての相談相手にはぴったりだった。

昼休憩になると、俺は峰岸を誘って会社近くのコーヒーチェーン店に入った。俺はハム&チーズのサンドイッチとホットコーヒー、峰岸はゆず&たらこのパスタとアイスラテをオーダーし、勘定は俺がモバイルSuicaで支払った。

窓際奥のテーブル席に着き、「レシート見せて」と財布を出す峰岸に、「いいんだ。情報料だよ」と断った。

「情報料？」と首を傾げる峰岸に、昨日のさやかの話を持ち出すと、彼女は即座に反応した。

「それ、私も思ってた。たしか、第3話だったかな、『プティガト』に日下部湊が初登場したの。読み終えて思ったわ。あ、こいつ、まんま白井じゃんって」

「どんなところが？」

思わず身を乗り出して尋ねると、峰岸はパスタフォークをナプキンの上に置いて、しばらく考え込んだ。

「うーん、そうね……顔はまあまあイケメンで、地頭だって悪くないのに、その場の空気が読めないばかりに失言を重ねて自滅するところと、何をやっても絶望的に要領が悪いところ。名づけて『ざんねんなイケメン』。イコール、うちの女子社員がつけたあんたのあだ名」

「し、知らなかった……そんなふうに呼ばれていたとは……」

がっくり肩を落とすと、峰岸はにんまり笑ってうなずいた。

「そうよ。でもまあ、いいじゃない。少なくともイケメン認定はされてるんだから。それに、日下部湊の人気は『プティガト』の全キャラの中でも断トツで、人気投票でも毎回ぶっちぎりでトップだったの。いまや少年漫画の購買者は半数近くが女子だともいわれているから、イケメンなうえに母性本能をくすぐる日下部が女子、とくに腐女子の票を独占したってわけ」

「はあ……なるほど……」

峰岸のオタク講釈を聞きながら、俺は隔世の感に浸っていた。俺が高校生まで愛読していた少年漫画を取り巻く状況は、いまではそんなことになっているのか……

それからは互いに沈黙し、食事に専念した。

サンドイッチを食べ終え、冷めたコーヒーを飲んでから、俺はさやかの「お絵描き」のことを話した。

峰岸は相槌を打ちながら最後まで聞いてくれたあと、「へえ、白井の奥さん、『プティガト』の二次創作やってるんだ」と感心したように言った。

そのとき、俺は生まれて初めて「二次創作」という言葉を知った。原作が一次で、それを模倣した作品だから二次というわけだ。

『虹色プティガトー』は公式、つまり、原作の出版社が二次創作を認めているため、よほど原作を貶めるような作品でないかぎり、ネット上で発表したり、書籍化して販売しても問題はないそうだ。

「奥さん、描いたイラストは公表してるの？　たとえば……イラスタとか。国内最大のイラストコミュニケーションサービスで、二次創作で絵を描く人たちは、ほとんどがこのサイトに絵をアップしてるんだけど」

「あ、うん。そう……たしか、そんな名前だったかな。そのサイトにもアップしてるし、Xにも上げてる。俺にも見せてくれるよ。『私が描くのは湊くんだけの絵だし、なにもやましいことはないから』って」

「やましいこと……ねぇ。おもしろい人だね、奥さん」

峰岸はくすくす笑って、俺が差し出したスマホを受け取った。画面に映っているのは、イラスタに登録したさやかのページだ。アカウント名は、ほぼ実名そのままの「saya」になっている。

画面を見た瞬間、峰岸の顔から笑みが消え、新人の出した企画書を見る顔つきになった。俺は、まるで俺こそがその新人であるかのように、にわかに落ち着かない気分になった。

峰岸は眉間に皺(しわ)を寄せながらひとさし指を動かし、画面を下方向にスクロールしていった。中学生の頃から腐女子だという彼女は、そのへんの若手編集者よりよっぽど目が肥(こ)えているにちがいない。そんな彼女に、絵描き歴わずか半年の妻の絵がどのようにジャッジされるのか……ハラハラしながら判定の時を待った。

額にじっとりと冷や汗が滲(にじ)んだ頃、峰岸はようやくスマホから目を離して俺を見た。

「ねえ白井、半年って言ったっけ？　奥さんがデジタルイラストを描きはじめてから」

「え？　ああ、うん」

「その前は？　奥さん、美大出身とか、イラスト系の仕事したりしてたの？」

「え……いや。大学は経済学部で、卒業後はずっと経理職だよ」

峰岸はかるく首を振り、さやかの絵を見ながらため息をついた。

「ならこれは、純然(じゅんぜん)たる才能の発露(はつろ)ってやつだね。だってほら、『いいね』も『ブクマ』も3桁後半だよ」

「いいね」はわかるが、「ブクマ」っていったいなんのことだ？　恐縮して尋ねると、「ブックマーク」の略、つまり栞（しおり）のことだと教えてくれた。ブクマをつけておけば、その作品がリストに登録されて、いつでも見返すことができるということだ。

「そ、そんなにすごいのか？　３桁後半って」

「う～ん、そうね……原作の連載が1年前に、アニメも今年の春に終わって、すでに旬を過ぎた『プティガト』で、３桁後半は快挙と言っていいと思うな。だってほら、見て。奥さん以外の絵師（えし）には、そんなにたくさんついてないでしょ？」

「絵師」というのはイラストを描く人のことをいうのだろう。あとで調べたが、小説を書く人は「字書き（じかき）」と呼び、それぞれ卓越した実力の持ち主には「絵馬」「字馬」の称号が与えられる。馬は「うまい」の当て字らしい。

　峰岸はスマホ画面をタップして、ほかの絵師が描いた日下部湊のイラストを1枚ずつ見せてくれた。「いいね」とブクマが多くても2桁後半、なかには1桁というイラストもあった。

　その後、峰岸はXにもアクセスした。総じてこちらはイラスタより反応が多く、さやかの絵の「いいね」とブクマが平均して３０００ほど、ほかの絵は多くて２０００前後というところだった。

「えっと、じゃあ……日下部湊カテゴリーの中では、さやかの絵はトップクラスって言っていいのかな？」

　俺の問いに、峰岸は力強くうなずいた。

「うん。オタク用語では、特定のキャラやカップルのカテゴリーを『界隈』っていうんだけどね。奥さんはすでに日下部湊界隈のトップ絵師だよ。でも、だからこそ気をつけたほうがいいと思う」

「気をつける？　何を？」

「嫉妬よ、ほかの絵師からの」

　峰岸は声をひそめて言った。隣の席の客はぶ厚い眼鏡をかけた初老の男性で、絶え間なく貧乏ゆすりをしながら熱心に新聞を読んでいる。彼が俺たちの話に聞き耳を立てているとは思えなかったが、峰岸の中ではそれほどヤバい話なのだろう。

「嫉妬か……まあ、わかるよ。俺だって、大学受験のときに必死に通ってた塾で、あとから入ってきた奴に模試の合計点で負けたときは、悔しくて虚しくて……しばらくはそいつの顔を見るのも嫌だったし、授業中もそいつの背中に『落ちろ落ちろ落ちろ』と呪詛の言葉を投げつけてしまう自分を止められなかったから」

　苦い記憶のカミングアウトだったが、峰岸はなぜか感心したように俺の顔を見た。「へえ。あんたみたいなお気楽者にも、そんな黒歴史があったのね」とその目は語っていた。

「でも、さやかの絵については、しょせんネットの中の話じゃないか。嫉妬されたとしても、リアルな被害なんてないだろ。お互いの顔も本名も知らないんだし、顔を合わせる機会も永遠にないわけだし」

　俺が話すあいだ、峰岸の顔から「感心」が少しずつ消滅し、最後には「軽蔑（けいべつ）」が取って代わった。

「ったく、昭和か、あんたは。ネット社会の恐ろしさをまるでわかってないわね。じゃあ、ためしに見てみようか。奥さんの絵のコメント欄」

　峰岸はイラスタのsayaのページを呼び出し、イラストにつけられた一連のコメントを表示した。大半はさやかの絵を絶賛するコメントだったが、なかには否定的な書き込みもあった。


〈ねえ、これって誰の絵？〉

〈やめて目が腐るｗｗ〉

〈知ってる？　あんたみたいなのをヘタレっていうんだよ笑〉

〈新参のくせに調子のんな！　『プティガト』ブームの尻馬に乗っかった乞食のくせに〉


「な、なんだこれ……こいつら、さやかに恨みでもあるのかよ？」

　まるで公衆便所の壁に書かれたお下劣言葉のようだ。一瞥（いちべつ）しただけで胃がムカついて、いまさっき食べ終えたサンドイッチを吐き戻しそうになった。

憤（いきどお）る俺に、峰岸はポーカーフェイスで首を振った。

「ちがう。さっき言ったでしょ。嫉妬よ。こいつらはsayaさんの絵のうまさに嫉妬してるの。ちなみに、イラスタ会員なら誰でも見られるコメント欄でこれだから、裏ではもっとディスられてる可能性があるよ」

峰岸はテーブルにスマホを置き、優雅なフォーク使いでパスタの残りを食べ始めた。

俺は目を閉じて指先で眉間を揉（も）みほぐし、こみ上げる怒りと吐き気を堪（こら）えた。

「かりにそういう奴らがいたとしても、そいつらはさやかにバレないように裏で言ってるんだろ？　なら、さやかは知りようがないし、知らなければ傷つくこともないじゃないか」

「それはド素人の考え。SNSの世界にはね、悪意のある人間がウヨウヨいて、そいつらは自分より上にいる人間が傷つくのを見るのが大好きなの。そういう奴らが、あんたの奥さんを傷つけるために、わざわざ本人に告げ口してくる可能性もあるのよ。実際、仲の良かったフォロワーから『裏でこんなこと書かれてるよ』って、自分の悪口がびっしり載（の）ったスクショ画像を見せられて、ショックで絵が描けなくなった絵師もいる。そしてチクった奴は、陰口を書き込んでた連中とグルだったのよ」

「マ、マジか……ひっでぇ話だな」

俺は思わず身震いした。怪談より背筋が凍る話だ。

峰岸は苦笑して腕時計を見た。いつのまにか、隣の新聞おじさんもいなくなっていた。

「もう戻らなきゃ、用も足せないわ。今時分のトイレは、化粧直しと歯磨きをする女たちでぎゅうぎゅう詰めだから」

コーヒーショップを出て会社までの道を戻りながら、峰岸は最後の忠告をくれた。

「さっきは不吉な話ばかりして悪かったわ。奥さんにはXにもイラスタにも数千人のフォロワーがいるし、本人が楽しく描いているなら、いまは応援してあげるだけでいいと思う。ただ、一部のコメントを見ただけでも不穏な気配を感じるし、用心するに越したことはないわ」

「わかった。いろいろと貴重な意見をありがとう」

俺が廊下の途中で頭を下げると、峰岸は「じゃあね」と言って女子トイレに入っていった。

あとになって振り返れば、このとき俺は甚（はなは）だ甘く考えていた。ネット社会の誹謗中傷（ひぼうちゅうしょう）がどれほど悪質なものかを。

そして、ネットスラングで「粘着（ねんちゃく）」と呼ばれる奴らが、狙った獲物を追い詰め、界隈から追放するために、どれほど姑息（こそく）な手段を使ってくるかを――

2

当然と言えば当然かもしれないが、経理の仕事をしている人間には、真面目で几帳面な性格の人が多い。

難関私立大学の経済学部を卒業し、弱冠28歳にして大手商社の経理部で課長補佐を務めるさやかも、真面目すぎるほど真面目な性格だった。

作成した会計資料や決算書も、念には念を入れて最低3回は計算し直す。さらに時間が許せば、上司や部下が作った書類も細部までチェックし、ミスがあれば付箋を貼ってやんわりと指摘する。まるで出版社の校閲部員のような慎重さだが、おかげでさやかが入社して以来、経理部のミスは激減し、残業時間も大幅に短縮されたそうだ。

その噂を取引銀行から聞いた競合他社から、たびたびヘッドハンティングの電話がかかってくるが、会社側は絶対に彼女を手放すまいと、異例のスピードで昇級・昇給させた。このままいけば、30代のうちに部長になるのは確実だろう。

今後、どれほど職場にAIが普及しても、さやかのような人材がクビになることはないだろう。

一方、30歳でいまだに平社員の俺のほうは、真っ先にリストラ対象になるだろうけど。

経理部の同僚に勧められた『プティガト』にハマり、推しである日下部湊の絵を描くようになってからも、さやかはそれまでと同じようにきっちりと仕事をこなし、俺と分担している家事もけっして手を抜くことはなかった。

仕事と、俺との新婚生活、そして二次創作と、3つもの活動に全力投球で打ち込めるのは、彼女がまだ20代の若さだからだろう。

二次創作を始めてから、多少朝の寝起きが悪くなり、ときおりネット通販で買った睡眠サプリを飲むようにはなったが、長い睫毛(まつげ)に縁(ふち)どられた奥二重の瞳は、『プティガト』を知らなかった頃より、いきいきと輝いているように見えた。

お互いに残業が続いた晩秋の金曜日。さやかが仕事帰りに買ってきた勝沼産の赤ワインを開け、俺が作ったビーフストロガノフを食べながら、久々にリラックスしたひとときを過ごしているときだった。1杯目のワインでほろ酔い加減になったさやかが、「ねえ、佑くん。私ね、来月の日下部湊オンリーのエアイベントに参加することになったの」と言った。

恥ずかしそうに頬を染めるさやかがかわいくて、思わず見とれてしまったせいもあるが、俺には最初、彼女の言っていることがよくわからなかった。

「エアイベント？　なに、それ。どこでやるの？　エアだから……宇宙とか？」

するとさやかは、呆れたようにため息をついた。

「まさか、ちがうわよ。この場合のエアは『オンライン』。つまり、インターネット上で行われるイベントのことよ」

「へえ……そのイベントで、さやかは何をするの？」

「描いたイラストを展示したり、本を売ったりするのよ。売るといっても、自分のスペースに通販サイトのリンクを貼るだけだけど」

「……え？　さやか、絵だけじゃなくて、本まで作ってたの？　すげぇ、漫画家じゃん！」

「あっ……きゃあっ、言っちゃった！　恥ずかしいから、これだけは黙っとこうって思ってたのに……私ったらバカバカバカ！」

ほろ酔いから一気に醒め、羞恥(しゅうち)で赤くなったさやかに、俺は椅子から立ち上がって尋ねた。

「その本っていま、うちにあるの？　なら見せてよ。俺がさやかの一番の読者になりたい！」

「うっ……い、いいけど……佑くん、その本読んでも、私のこと嫌いになったりしない？」

「ならない！　っていうか、漫画描ける時点で、さやかにはリスペクトしかないし！」

さやかはほっとした顔で微笑むと、すぐに寝室に行き、１冊の本を持って戻ってきた。

こ、これなんだけど……と、震える声で言ったさやかに手渡されたのは、予想よりはるかに立派な本だった。俺が大学のゼミで、教授の手伝いで作ったようなコピー冊子ではなく、きちんと印刷所で製本した本だった。

表紙にフルカラーで描かれた日下部湊は、洒落(しゃれ)た服を着てテーブルに肘をつき、艶冶(えんや)な微笑でこちらを見ていた。まるでＪＵＮＯＮかメンズノンノの表紙モデルみたいだった。俺でさえ一瞬見とれたくらいだから、日下部推しの女子ならひと目でイチコロコロリだろう。

「似てるかなぁ……」

思わず呟くと、さやかがすかさずスマホを差し出してきた。

「この絵のお手本にしたのは、佑くんのこの写真だよ」

画面には、茶髪の俺が映っていた。丸いカフェテーブルに頬杖をついて、カメラに向けて微笑んでいる。日付を見ると、３年前の6月20日だった。まださやかと夫婦ではなく、恋人同士だった頃の俺だ。

表紙の日下部とポーズはそっくりだけど、顔についてはなんとも言えなかった。会議中にボイスレコーダーで録音した声が、まるで自分の声に聞こえないのと同じようなものかもしれない。

でもまあ、腐女子歴15年の峰岸にも太鼓判を押されたんだから、この絵の日下部も俺と似ているんだろう。

そう結論づけたあと、俺はさやかの描いた漫画をひととおり読んでみることにした。

テーブルからソファに移動し、数ページ読んだところで、ひぃぃ、とか、うぁぁ、とか、はひー…はひー…とか、まるで心臓発作に苦しむ人みたいな呻(うめ)き声が聞こえてきた。

怪訝(けげん)に思って顔を上げると、リビングの隅(すみ)っこで膝を抱え、叱られた子どものようにうつむいているさやかの姿が目に入った。

「ど、どうした、さやか。漫画を読まれるのがそんなに恥ずかしいの？　ネットには、あんなにたくさんアップしてるのに……」

「ゆっ、佑くんだからよ！　リアル湊くんの佑くんに二次創作の湊くん漫画を読まれるのは、本人の目の前でモノマネするみたいに恥ずかしいのよ！」

「な、なるほど。そういうものなんだな……」

途中までは俺と日下部の名前がごっちゃになって混乱したが、最後の部分だけはかろうじて聞き取れた。

たしかに、昔テレビで「モノマネ歌合戦」を見たとき、歌ってる最中に背後から忍び足で登場した本人に肩をつつかれ、声にならない悲鳴とともにマイクを放り出し一目散に舞台袖に逃げこんだモノマネ芸人がいたけれど、いまのさやかもあんな気分なんだろうか。

だとしたら、俺が漫画を読むことで恥ずかしい思いをさせて申しわけないと思った。だが、仕事でもプライベートでも真面目すぎるほど真面目なさやかが、初めて描いた漫画がいったいどんなものなのか――やっぱりそれを知りたくて、結局続きを読むことにした。

「あれ？　イラストでは見なかったけど、漫画には女の子も出てるんだ。えっと、たしか……日下部の一年後輩で、名前は……桐生颯香っていったっけ？」

独り言のような呟きだったが、さやかはすぐに反応してくれた。

「う、うん、そう……原作でも、湊くんと颯香ちゃんは最終回で結ばれるのよね。でも二次創作の世界では、『なかったこと』にされがちなんだけど……」

「なかったことって……どういう理由で？」

　さやかの説明によれば、日下部と桐生のような男女の組み合わせは「ノーマルカップル」と呼ばれ、男と男のカップル、すなわちボーイズラブが主流を占める二次創作の世界では、ノーマルなのにマイナー扱いされているらしい。『プティガト』の二次創作でも、メジャーは日下部と主役の鏑木俊平（かぶらぎしゅんぺい）ほか、男性同士のカップルなのだという。

「そういうわけで、湊くんと颯香ちゃんのハッピーエンドは、二次の世界ではあまり歓迎されてないの。やっぱりBLの人たちが圧倒的多数ってこともあって、SNSでは颯香ちゃんの絵を描く人のアカウントを片っ端からブロックして、視界に入らないようにする人もいるくらい。もちろん私も、何人にもブロックされてるわ。だからまあ、なんというか……なかなか難しい世界なのよ。同じ『プティガト』ファンでも、いろんな趣味嗜好（しこう）の人がいるから……かく言う私も、まだぜんぜん慣れないんだけど」

「ふぅん……まあ、趣味嗜好は個人の自由だから、嫌いなものを見たくないってのは、しかたないことだろうけど……ただ、ブロックされるくらいならいいけど、最近はSNSでのトラブルも多いし、さやかも変な奴に絡(から)まれないように気をつけなよ」

うん、わかってる、とうなずいたさやかから目線を戻し、再び漫画を読み進めた。

物語はクライマックスを迎え、念願かなって地元の小学校近くにパティスリーをオープンした日下部が、銀座の洋菓子店で数年間働いたあと、教職に転向し、母校の製菓コースで教鞭(きょうべん)を執(と)る桐生にプロポーズするシーンになった。それぞれのキャリアや仕事内容について細かく設定しているところが、いかにも堅実なさやからしかった。

情熱的にプロポーズする日下部と、歓(よろこ)びに涙ぐむ桐生を見ながら、俺にもようやく二次創作の存在意義がわかってきた。原作では描かれなかった究極のハッピーエンド――それは2人の結婚であり、原作者が永遠にそれを描いてくれないのなら、自分たちで描いてしまおう、というわけだ。もちろん推しカップルの結婚に限らず、描く内容は人によってさまざまだろうけれど。

プロポーズが成功し、桐生にキスをする日下部を見ながら、それにしてもさやかは日下部が好きなのに、桐生に嫉妬したりはしないのかな、などと考えたときだった。

「こ、この漫画を描きながら、颯香ちゃんに自分を重ね合わせて……わ、私が佑くんに言ってもらいたい言葉を、み、湊くんのセリフにして……」

いつのまにか隣に来ていたさやかが、どもりながら言いわけするように俺の耳元で囁いた。よほど恥ずかしいのだろう、ちらりと目をやると、ピアスをつけた耳たぶまで真っ赤に染まっている。

俺はとっさにさやかの右手首をつかみ、日下部が桐生にしたように真顔で彼女に迫った。

「さやか。いまの、どういう意味？」

「え、えっと、だから……わ、私が湊くんの漫画を描くのは……佑くんそっくりな湊くんに、佑くんが絶対言わないようなセリフを言ってもらって、そっ、それに萌えるのが好きなの！　我ながらバカみたいだって、わかってるけど……」

「……そうか。そういう理由だったのか……」

妻の告白に、俺は複雑な気分でうなずいた。蕩けるような甘い言葉で日下部に口説かれる桐生を描きながら、さやかがそんな気持ちを抱いていたとは……

俺はさやかの腕を離し、もう一度漫画に見入った。

桐生の頬や唇に口づけながら日下部は、「俺は君に出会うために生まれてきたんだ」とか、「君さえいれば、ほかになにもいらない」など、読んでいるこちらが赤面してしまうような口説き文句を真顔で連発していた。

たしかに、俺にはこんな甘いセリフは言えない。さやかにプロポーズするときでさえ、「付き合って5年もたつし、俺たちそろそろ籍入れようか？」ですませてしまったくらいだ。

ちなみに、原作の日下部だってこんなセリフは言ってない。最終回でも「ずっとあなたが好きでした」と告白したのは桐生のほうで、日下部はといえば、特有の能天気スマイルで「俺も！」のたった一言なのだから、はっきり言って俺よりひどい。

その原作しか知らない俺にとって、こんなに流暢に桐生を口説く日下部ははっきり言って別人だった。二次創作という妄想の世界だからこそ言わせられるセリフなんだろう。

俺は本を閉じ、隣で頭を抱えているさやかに尋ねた。

「売れるといいね、この本。ちなみに、どれくらい印刷したの？」

さやかは顔を上げ、歯切れの悪い口調で答えた。

「え、えっと……100冊。初めてなのに、ちょっと刷りすぎちゃったかなって、すでに後悔してるとこ……」

「100冊？　寝室のクローゼットに100冊も入ってるの？」

「あ、ううん。手元にあるのはこの1冊だけで、あとは通販用の倉庫で預かってもらってるの。注文が入れば、そこから買った人の住所に届く仕組みなの」

俺は感心しながらうなずいた。俺の知らないあいだに、さやかはネット通販の最先端を歩いているのだ。

「けど、100冊っていうのは、刷りすぎどころかむしろ少なすぎないか？　いいねとブクマが3桁後半もあるのに」

「あ、あれは無料だから、みんな惜しみなくつけるのよ。お金を出して買ってくれる人なんて、その10分の1いればいいほうよ」

たしかに俺も、よっぽど好きな漫画家や作家の本以外は、わざわざ金を出してまで買わないもんな。

「でも、いいの。今回大量に余っても、これからも機会があればイベントに出て、数年かけてゆっくりさばいていくから。ほかのサークルさんたちも、みんなそういうやり方で販売してるみたいだし」

「そうか。まあ、多少時間がかかっても、売り切る見込みがあるなら安心だな」

「うん、そう。だから安心して。未来の営業部長さん。絶対に不良在庫は作りませんから」

「うっ……プレッシャーかけるなよ、奥さん。先月の営業成績も部内のブービー賞だったんだぜ、俺」

さやかはくすくす笑い、「大丈夫よ。佑くんは天然で空気が読めないところが残念だけど、面倒見がよくて優しいから。会社でも、そういうところを評価してくれてる人は必ずいると思うわ」

そう言って、俺の肩に頭をもたせかけてきた。

なんとなく引っかかる物言いだったが、さやかの甘い匂いをかいでいるうちにどうでもよくなってきた。アルコールの催眠効果と週末の疲れもあり、俺はそのままソファで眠り込んでしまった。

3

翌月の日下部湊オンリーのエアイベント当日。俺とさやかはソファで肩を並べ、俺のスマホでイベント会場を見物した。

事前にしっかり学習していたさやかの説明で、俺はイラスタのサイトでニックネームを登録し、用意された「アバター」のうち一体を選んで、イベント会場に入場した。ニックネームは、俺の干支の「うさぎ」にした。

アバターというのは、ネットワーク上の仮想空間における自分の分身で、イベント参加者はスマホのスワイプやＰＣのキーボードでこいつを動かし、会場内を移動して目当ての店に行く、という段取りらしい。俺が選んだのは、白いエプロンドレスを着た町娘のアバターで、可憐な雰囲気がさやかによく似ていた。

アバターの移動は、ＲＰＧの主人公を操作するような感じで、ふだんゲームをやり慣れている俺には、とくに難しいことはなかった。

イベント会場がまた面白かった。ファミコン時代の「ドラゴンクエスト」の街並みによく似ていて、京都市内のような碁盤目状(ごばんめ)の道に沿って、店がずらりと並んでいる。店の外観はさまざまで、スペースいっぱいに自作のイラストを飾っている店もあれば、ネットで無料配布されている素材を使って装飾された店もある。与えられた空間をまんべんなく使える分、リアルなイベントより店主の個性が出ている感じだ。

さやかの説明によれば、店の中に入ったアバターだけが、展示してあるイラストや漫画、小説を閲覧(えつらん)したり、通販サイトへのリンクがあるページを見ることができるらしい。通販で本を買うのも早い者勝ちで、そこはリアルなイベントと変わらないということだ。

なるほど、これがエアイベント会場か。幼い頃から親しんだRPGを、街空間に限定してプレイするようなものだ。日下部ファンではない俺も、見ているだけでワクワクしてきた。

イベントの開始時間は、日付が変わる深夜0時。週末とはいえ、こんな真夜中からイベントに参加する人間がどれだけいるのか……俺はまずそれを心配したが、さやかの不安は別のところにあった。

「ど、どうしよう……もし、誰も私のスペースに来てくれなかったら……私の両隣のサークルさんって、どちらも『プティガト』が始まってすぐに二次創作を始めた『界隈の顔』で、周囲との交流もすごく活発なのよ。最悪、モーゼになるかも……」

「なに？　モーゼって？」

俺の問いに、さやかは血の気の引いた顔で答えた。

「両隣のサークルにずらっと行列ができて、あいだに挟まれたサークルが閑古鳥な様子を、モーゼが海を真っ二つに割った『出エジプト記』の伝説に見立ててそう呼ぶの……」

俺は感心してため息をついた。「なるほど、それでモーゼか。うまいこと言うなぁ」

「あっ、開場したわ！　お客さんのアバターがどんどん入ってきた！……ああっ、無理！　私、とても見てられない！」

開場の合図からたった10秒で、さやかは膝においたクッションに顔を伏せてしまった。

俺は苦笑し、左手で彼女の頭をなでながら、右手に握ったスマホで自分のアバターを操作し、さやかの店に入って店番を始めた。正確にはサクラで、一人でも先客がいれば、みな気になって入りたくなるのではと考えたのだ。

だが、すぐにそんな小細工は無用だとわかった。俺が店に入って10秒もたたないうちにアバターの大群が押し寄せ、店の前にはあっという間に長蛇の列ができた。

店に入れなかったアバターたちが、〈やばっ！出遅れたっ！〉〈sayaさんの神本が売り切れちゃうっ！〉〈見終わったら早くどいて！〉などの言葉を発しはじめ、俺は心臓が跳ね上がるほど驚いた。エアイベントには、チャット機能まで用意されていたのだ。

列に並ぶアバターの主たちは、店の奥にいる俺のアバターにも「あんた邪魔！　さっさと出なさいよ！」と画面越しに鋭い目を向けているだろうし、そんな怒声をチャットで吐き出されてはたまらない。すぐにアバターを店から出し、外壁越しに店の様子を見守ることにした。

「さやか……君の店、えらいことになってるぞ」

俺の声かけに、「どうせ、どうせ私なんて……」といじけた呟きをもらしていたさやかが、おそるおそる顔を上げた。

「えらいこと？　そんなに派手にモーゼしてる？　私のお店……」

「いや、その逆っていうか……まあ、とにかく見てみろよ」

俺の差し出したスマホを見た瞬間、さやかは「うそっ！」と声を上げた。すぐにガラステーブルから自分のスマホを取り上げ、Gmailのアプリを開いた。

「きゃっ！　通販の注文通知、もう20通も来てる！　あっ、また……どんどん来るわ！」

「すごいな。イベント開始からまだ10分しかたってないのに……やっぱり100冊じゃ少なかったと思うぞ」

さやかの店は、その後もアバターの行列が途切れることなく、新たな客が入店するたびに通販の注文が入った。ほかの店は知らないが、さやかの店に来た客は、ほとんどが手ぶらで帰る気はなさそうだ。売り切れを恐れる店外アバターたちの叫びもますます激しくなり、それを見た通りすがりのアバターが購買意欲を刺激され、あわてて行列の最後尾に並ぶ「バンドワゴン効果」もはっきり見てとれた。

さやかのGmailには、本の注文とほぼ同数の「決済完了メール」が届いた。客の大多数はカード決済を選択しているらしく、注文と同時に支払いが完了するので、本を売る側としては非常に安心なシステムだ。

それに引きかえ、俺の勤める「トキワ電機」では、業界の慣習にならって商品代金の決済はほとんどが掛けなので、商品を売り上げてもその分の代金を回収できるとは限らない。実際に毎年、数千万円規模の貸倒損失が発生していて、定例会議のたびに経理部から「モノを売ってもおカネもらわなきゃ意味ないでしょうが」と嫌味を言われ、重役に叱責される羽目になる。

「だったらうちの会社も、こういうエアイベントでモノを売ればいいのに。でなきゃ、『カネをくれなきゃモノは渡さん！』って強気な態度に出れるくらい、業界での地位を上げるしかないだろ」

現実世界の愚痴を吐き出した俺の隣で、青い顔をしたさやかが頭を抱えて震え出した。

「ど、どうしよう……佑くんの言うとおり、これじゃイベント終了までもたないかも……」

それから「あっ、そうだ！」と声を上げ、スマホの画面をGmailから本の通販ページに切り替えた。そこに表示された新刊の在庫数は、残り８冊だった。

２人で固唾を呑んで見守っていると、１冊、また１冊と在庫は減り、あっという間に０になった。

さやかが初めて出した本は、イベント終了どころか、夜明けを待たずに完売してしまったのだ。

「すごい、すごいよ、さやか！」

思いきりハグしようとした腕をかわされ、俺は顔面からソファに突っ伏した。

ぺたりと床に座り込んださやかは、青い顔のまま俺のスマホを操作し、完売後の店の様子に見入った。

店に入り、通販ページに飛んだ客が売り切れに気づき、その悔しさと無念さをすぐさまチャットにぶちまけていた。

〈え～っ、もう完売!? 瞬殺じゃん！ 30分も待ったのにぃっっっ！〉

〈争奪戦に負けたぁぁっ!! もっとたくさん刷ってくれればいいのに！〉

〈saya様、どうかどうか、再販のご慈悲をっ！〉

アバターたちが吐き出すコメントに、さやかは「ごめんなさい、ごめんなさい」と涙声で謝りつづけた。

「ほぅら、俺の言ったとおりだろ？ 発売を心待ちにしてくれていたお客様のために、在庫は多めに用意しておかなきゃ」

俺は後ろからさやかの両肩を抱きしめ、ここぞとばかりに耳元で囁いた。腕の中で、さやかがはっと目を見開いた気配がした。

「う……そ、そうね。やっぱり、私はしょせん経理部の人間……在庫管理と営業のプロである佑くんに、事前に印刷部数について意見を聞いておけばよかったわ……」

在庫管理と営業のプロ？　いったい誰のことを言ってるんだ、奥さん——俺の上司や同僚が聞いたら、絶対にそう言われるだろう。

「……ま、とりあえず完売おめでとう、saya先生！」

「やっ、やだっ、先生はやめてよ！　ビギナーズラックってやつよ！　みんな、ド素人の描いた初めての本が珍しいから買ってくれたのよ！」

謙遜（けんそん）もここまでくると、かわいいを通りこして滑稽（こっけい）だ。俺は窓の外に目をやり、白みはじめた空を見ながら、軽くため息をついた。

「まあとにかく、恐れてたモーゼは回避できてよかったじゃないか」

「あっ、そうね、うん。やっぱり、お客様は神様だわ！」

「で、どうする？　争奪戦に敗れた神々のために、追加で印刷するの？」

さやかは腕を組み、しばらく考え込んでいた。鼻の頭をつまむように指を当て、すぐにはっとその指を引っ込めた。仕事中は眼鏡をかけているので、ブリッジをつまむ癖が出たようだ。

「うーん……それはやめておくわ。今度こそ、どれくらい印刷すればいいのかわからないし。再販したとたん、注文が入らなくなる話もよく聞くし」

さすがは堅実な経理職だ。俺はうなずいて、さやかの判断に同意する意思を示した。

それから2人で寝室に入り、夕方までぐっすり眠った。

夕食のあと、俺はリビングのソファに腰かけ、もう一度エアイベント会場に入ってみた。驚くべきことにさやかの店には、まだアバターたちが長い列を作っていた。本が売り切れで買えなくても、展示してあるイラストや短編漫画を見ようと、何十分、あるいは何時間も、忍耐強く並んでいるのだろう。その健気（けなげ）な姿に愛着すら湧いてきて、俺はスマホをテーブルに置き、床に両手をついて「これからも妻をよろしくお願いします」と頭を下げた。

そのあとで、イベント前にさやかが「界隈の顔」と畏怖（いふ）していた両隣の店のことを思い出し、自分のアバターを移動して様子を見に行った。どちらの店も、店内に数人の客の姿があったが、待機列はできていなかった。さやかの店の繁盛ぶりに比べると、閑古鳥ではないにしても、ずいぶん寂しい来客数だ。

真ん中が行列で、その両隣に列がない場合は「逆モーゼ」とでもいうのかな、などと考えていたときだった。

〈ウザっｗｗ〉

さやかの店の壁に貼りついていた黒猫のアバターが吐き捨てた。吹き出しのセリフは数秒間、宙に浮かんで消えた。

俺は急いでそのアバターをタップし、プロフィール欄を確認した。コードネームは「バロン」

で、紹介文の内容から左隣のサークル主だとわかった。

なにやら不穏な気配を感じたので、思いきって話しかけてみようと思った。「あのう、いまの『ウザっｗｗ』って誰に対してですか？」とチャットメッセージを打っている途中で、黒猫は街道を下方向に歩きだし、そのまま画面から消えてしまった。どうやらイベント会場から退場してしまったようだ。

胸の中にムカつきとモヤモヤが残ったが、さやかには黒猫バロンのことは言わないことにした。彼女にとって人生初のイベント参加は、大成功のうちにもうじき幕を閉じようとしている。キッチンで食後のハーブティーを淹れながら、嬉しそうに鼻歌までうたっている。こんなちっぽけな当てこすりで、それを止めたくなかったのだ。

あとになって振り返れば、それが最初の兆候だった。いや、本当はもっと前から始まっていたのかもしれない。

日下部界隈からさやかを追放するネットリンチの企(たくら)みは——

第2章　壊れゆく妻

1

エアイベントの翌週あたりから、さやかの様子が少しずつおかしくなっていった。

目に見える変化としては、まず笑顔が失われた。さやかは生来の明るく穏やかな性格が表情にも表れ、目元や口元にはいつも微笑みが浮かんでいた。それがイベントを境に徐々に失われ、やがてめっきり笑わなくなってしまった。

笑顔とともに、口数も減っていった。家にいる間は、暇さえあれば俺の横に来て、とめどもなくお喋りをしていたのが、借りてきた猫のようにおとなしくなった。俺が話しかけても、どこかうわの空で、適当に生返事をするか、まったく返事がないこともあった。

食事の量も少しずつ減っていった。もともと少食だったが、いまでは茶碗半分のごはんを食べるのも苦痛なようだ。俺の作った料理は、「ごめんなさい、おいしいんだけど、胃の調子が悪くて……」と謝りながら半分以上残し、自分が料理当番の日には、俺の分だけを作って、自分はひと口も食べないこともあった。

だが、最大の変化は、日下部の絵を描かなくなったことだ。

エアイベントで店の前に長蛇の列ができ、初めて出した本があっという間に完売したことで、絵師としての弾みと自信がついたのか、イベントの翌日は8枚ものフルカラーイラストを一気に描き上げていた。その日のうちにXやイラスタで公開すると、すぐに2000以上のいいねとブクマがつき、コメント欄も絶賛大フィーバーだった。

それがいまでは、1枚のラフ画すら描けなくなった。思いつめた表情でタブレットPCを見つめるだけで、1本の線も描かぬまま、ため息をついてシャットダウンするようになった。

このように、俺の目に見える変化だけでも、さやかが何か悩みごとを抱えているのは明らかだった。しかし、それが何かがわからなかった。

「さやか。何か悩みごとがあるなら、俺に話してくれないか?」

イベント翌週の日曜日。食料品の買い出し後に立ち寄った喫茶店で、俺は単刀直入に訊いてみた。もし俺の言動が原因なら、すぐに謝り、改めるつもりだった。

さやかは飲みかけのコーヒーカップに目を落とし、ぽつぽつと答えた。

「じつは、最近立てつづけに仕事でミスをしちゃって……それがあまりにも初歩的なミスで、もう5年もこの仕事をやってるのに、何やってるんだろうって……そんな自分に嫌気がさしたの」

「ミスくらい誰でもするよ。俺の親父も、今年で勤続30年だけど、いまだに社内一のパソコン音痴らしくてさ。メールの返信は遅いし、作成した文書は間違いだらけで、取引先に毎日謝ってるって言ってた。自分の親ながら、よくクビにならないよな」

さやかはうつむいて笑いを噛み殺した。ウケを狙ったわけじゃないけど、久しぶりに笑ってくれて嬉しかった。

「じゃあ、落ち込んでた理由は自己嫌悪？　上司や同僚からミスを責められたわけじゃないんだな？」

「あ……うん。誰にも、責められたりは、してないわ……」

さやかはうつむいたまま、弱々しい声で答えた。話しはじめてから、一度も俺の目を見ようとしない。それが何を意味するか、空気が読めない俺でもわかった。

「さやか、顔を上げて、俺の目を見て言って」

さっきより強い口調で言った。それでもさやかが顔を上げようとしないので、両手で頬を挟んで、強引に上を向かせた。

怒っていないことを示すため、目尻に皺を寄せてにっこり笑ってみた。だが、俺と目が合った瞬間、さやかの両目からぼろぼろと涙が流れた。

「さっ、さやか!?」

「だ、大丈夫……私、ほんとに大丈夫だから……」

さやかはハンカチで目を押さえ、プラスチックの筒（つつ）から伝票を取って立ち上がった。早足でレジに向かう彼女を、俺は食料品で膨（ふく）らんだエコバッグを両手に持って、急いで追いかけた。

2

その後、さやかの不調は、ますます深刻さを増していった。

とくに、食欲減退と不眠症に歯止めがかからず、顔も身体も青白く痩（や）せこけて、生命維持にすら黄信号が灯りはじめていた。見かねた俺が「あとひと口だけ食べて」と口元にスプーンを運んでも、ベッドの中で震える身体を抱きしめ、トントンと背中を叩いても、さやかは「心配しないで。大丈夫だから……」と言って、やんわりと俺の手を拒（こば）んだ。

しかたなく、俺はつかず離れず、まるで腫（は）れ物（もの）にさわるように彼女に接した。笑顔も会話もなくなった家の中で、今後の結婚生活への漠然（ばくぜん）とした不安を抱えながら。

そんな生活がひと月ほど続いたある日、勤務中にさやかが倒れたという知らせを、彼女の上司である経理部長から電話で受けた。倒れたのは銀行に行く道の途中で、通りかかった人が救急車を呼び、最寄りの病院に搬送されたという。首にかけた社員証をたよりに、病院から真っ先に会社に連絡がいったそうだ。

「申しわけない、ご主人。最近、奥さんの体調が芳しくなさそうだと思ってはいましたが、『大丈夫です』という彼女の言葉を信じて、無理をさせてしまいました」

「い、いえ、そんな……強引にでも妻を休ませなかった私の責任です」

動揺を抑えながら電話を切ると、俺は上司に事情を説明して早退の許可をもらい、教えられた病院にタクシーで駆けつけた。受付でさやかの名を告げると、5分ほどロビーで待たされてから、2階の個室に案内された。

さやかは狭い個室のベッドで、静かな寝息を立てていた。転倒したとき路面に額をぶつけたらしく、ガーゼで手当てがなされていた。

案内してくれた看護師から命に別状はないと聞き、ハンカチで額の汗と目尻の涙を拭いていると、すぐにドアがノックされ、別の看護師が入ってきた。さやかを診察した医師が俺を呼んでいるという。

「診断の結果、奥さんの転倒は血管迷走神経性失神によるものと思われます」

「け、血管迷走神経性失神……？　それはいったい、どういう病気なんですか？」

耳慣れない病名に戸惑う俺に、医師は出来損ないの研修生を見るような目で答えた。

「血管迷走神経性失神は、過度なストレス、あるいは強烈な怒りや憎しみ、恐怖感などによって、自律神経に乱れが生じて失神を引き起こす病気です。全身の衰弱ぶりから、食事や睡眠も満足にとれていないようですし、しばらくは出勤や外出を控え、自宅で療養されることを勧めます」

俺は呆然となりながらも、なんとかうなずいた。

どうしてこんな状態になるまでほうっておいたんですか——医師も看護師も口には出さなかったが、俺に向けられた刺すような視線がそう言っていた。

「あ、あの……」

なんでしょうか、と眼鏡越しに訝しげな視線をよこす医師に、俺は藁にもすがる思いで問いかけた。

「妻の様子がおかしいことは、一か月ほど前からわかっていました。でも、もっと食べるように勧めても、何か悩みがあるのか聞き出そうとしても、妻は『大丈夫』の一点張りで……まるで、身体の周りに強力なバリアを張って、俺が立ち入るのを拒んでいるみたいでした。そういう場合、俺は夫として、家族として……どうすればいいんでしょうか？」

視界の端で、２人の看護師が目を丸くし、互いに顔を見合わせるのが見えた。

医師は薄髭の伸びた顎に手をやり、つかの間考え込んでから口を開いた。

「そうですか……ご主人にも打ち明けられない悩みがある、ということであれば、奥さんのお母さんに相談してはいかがでしょうか？　むろん、母子の関係が良好なら、ということですが」

それは問題ありません、と言い切ったあとで、忸怩たる思いがこみ上げた。さやかと実母の関係は良好だが、俺とさやかの夫婦関係には問題がある——医師のアドバイスに従うということは、それを認めることにほかならなかった。

3

それでも、ほかに有効な手立てがあるわけでもなく、俺はその晩さっそくさやかの実家に電話をかけた。そのとき、さやかは処方された睡眠導入剤によって数週間ぶりに深い眠りの中にあった。

さやかの実家は母子家庭で、両親は彼女が小学校に上がる前に離婚した。離婚事由は、ギャンブル好きの父親の借金と暴力だと聞いている。

ある日、競馬で大損をした父親がヤケ酒を大量にあおり、腹いせと酔った勢いで、すぐそばで人形遊びをしていた幼いさやかの頰を引っぱたいた。それまで母親に暴力をふるうことはたびたびあったが、娘に手を上げたのはこのときが初めてだった。

当然のごとく、さやかは火がついたように激しく泣き出した。その声で父親は我に返り、急いで娘を抱き上げようとした。だが、「触らないで！」と背後から突進してきた母親に突き飛ばされ、壁に頭をぶつけて白目を剝(む)いた。

「お、お母さぁん……痛いよぅ……怖いよぅ……」

泣きじゃくるさやかを胸に抱きしめ、赤く腫れた頬をなでさすりながら、母親は離婚を決意した。

「お母さんね、自分は何度殴られても、母子家庭になったら私が不憫だからって我慢してきたけど、私が1回殴られただけで『もう無理！』って思ったんですって。でも、あのとき別れてくれてよかった。おかげで私ももう、お母さんが殴られるのを見なくてよくなったから」

離婚後、女手ひとつで大学卒業まで育て上げてくれた母親を、さやかはとても尊敬していた。

母親の山吹香さんは、どこの店にも所属しないフリーの美容師で、ヘアカットやカラーだけでなく、着付けやネイル、メイクまでこなすマルチプレイヤーだった。仕事の幅が広いだけでなく、いずれの腕前も一流なので、子どもからお年寄りまで多くの顧客を抱え、月に1、2日しか休みがないと聞いていた。

俺が電話をかけたときも、香さんは仕事から帰ったばかりだった。「夕飯がすんでからかけ直します」と申し出ると、「夕飯より、さやかの話が最優先よ」と言ってくれた。

俺は最近1か月のさやかの不調と、その原因がわからないこと、今日路上でさやかが倒れたことを話し、医師の助言でお義母さんに電話をかけたことを言い添えた。

最後まで聞いた後、香さんは力強い口調で言ってくれた。

「話はわかったわ。佑真くんにも話さない悩みを私に打ち明けてくれるかはわからないけど、できるだけのことはやってみるわ」

その言葉で、昨日病院で感じた劣等感はいくぶん和らいだ。お嫁に出した以上、娘のことは旦那さんに任せるというのが香さんの考えで、今回も俺からの頼みだから引き受けると言い、一歩引いた立場での協力を約束してくれた。

翌日の土曜日、香さんはさっそく俺たちのマンションに来てくれた。いつもどおりの快活な笑顔で、両手にはパンパンに膨らんだエコバッグを提げていた。バッグの中には、疲れた体や胃腸にやさしいオーガニックのレトルト食材や、即効性のある栄養ドリンクなどがぎっしり入っていた。

さやかは母親の突然の来訪にびっくりしていたが、玄関で香さんにハグされると、ほっとした微笑を浮かべて彼女を迎え入れた。

香さんはすぐにキッチンに行き、持参した参鶏湯のレトルトパックを湯煎しはじめた。俺は知らなかったが、滋養強壮効果で有名なこの韓国料理は、さやかの大好物ということだった。香さんがお碗によそった熱々の参鶏湯を、さやかは冷めるのが待ちきれないというように、レンゲですくってふぅふぅいいながら食べはじめた。

俺はテーブルに頬杖をつきながら、そんなさやかの横顔を見つめていた。夫として、どれほど彼女を愛しても、やはり実の母娘の絆（きずな）には勝てないのかな、と思いながら。

俺が淹れた食後のコーヒーを手に、母と娘はソファに並んで座った。香さんが目で合図を送ってきたので、「ちょっと買い物に出てきます。親子水入らずでごゆっくり」と言って玄関を出た。

買い物というのはもちろん口実で、買いたいものも、どこに行くあてもなかった。とりあえず駅前に出ようと、白いガードレールに守られた狭い歩道を歩きはじめた。

歩きながら、あのエアイベントのあとに起こった出来事を、どんな些細（ささい）なことでもいいから思い出そうと試みた。記憶の掘り起こしに集中しすぎて電柱にぶつかってしまい、犬の散歩をしていたおじいさんに笑われた。

そういえば、３週間ほど前のことだった。俺が夜中にトイレに起きたとき、さやかが真っ暗なリビングのソファで、膝を抱えながらスマホを見つめていた。一心不乱に画面をスクロールしていて、そばに俺がいることにも気づかないようだった。

「さやか？」と声をかけると、彼女ははっと顔を上げ、怯（おび）えた目で俺を見た。そして、スマホ画面を隠すように胸に抱きしめた。

「何してるんだ、こんな夜中に。まさか、お義母さんに何かあったとか？」

「う、ううん、そうじゃない……なんでもないの。ゆ、夕飯のときにワインを飲みすぎたせいかな。なかなか寝つけないから、ネットニュースを読み漁（あさ）ってたの」

そのときは、彼女の言葉をそのまま信じた。俺にだって、ごくたまにだけれど寝つけない夜はある。だが、いまになって思い返してみると、あのときのさやかは俺が知っている彼女とは別人のようだった。

あの晩、さやかが食い入るように見つめていたのは、本当にネットニュースだったんだろうか。

そんなことを考えながら、駅前の大型ショッピングセンターに辿(たど)り着いた。ほかにとくに行きたい店がない、という消極的な理由で本屋に行き、ニトリをぶらついた。

2時間ほどで歩き疲れ、混雑したフードコートの片隅でコーラを飲んでいると、香さんから電話がかかってきた。いまはもうマンションを出て、駅までの道を歩いているという。

「ごめんね、ダメだった。『身体が悲鳴を上げるほど参ってるんだから、一人で抱え込まないで、なんでも話して』って言っても、あの子、『本当になんでもないの、大丈夫』の一点張りで……」

「そうですか……お義母さんにも話さないとなると、いよいよもって袋小路(ふくろこうじ)だな……」

最後の望みを絶たれた気分で、俺はため息をついた。

数秒の沈黙のあと、香さんが沈んだ声で話しはじめた。

「さやかが悩みを打ち明けないのは、私の責任かもしれないわ。前の夫と別れたときから、私はさやかを育てるために仕事に必死で……あの子が小学校の頃から一人で留守番をさせて、料理や洗濯も任せてしまったの」

「それは……お義母さんは女手ひとつでさやかを育てなきゃならなかったんですから、しかたないことなんじゃ……」

「私も自分にそう言い聞かせて、顔で笑って心で泣きながら、朝から晩まで仕事尽くめの生活を送ってきたわ。さやかも『家のことは私がやるから、お母さんはお仕事頑張って』って、いつも愚痴ひとつ言わずにお留守番してくれた。でも、そのせいであの子は、必要以上にしっかりしすぎちゃったのかもしれない。自分だけでは解決できない悩みごとがあって、心も身体も限界まで追いつめられても、誰にも、佑真くんや私にさえ、『助けて』って言えないほどに」

そう言うと、香さんは深いため息をついた。

俺は彼女を慰める言葉を思いつけず、代わりに切り上げの言葉を口にした。

「お義母さん、今日はありがとうございました。もう少し様子を見て状況が好転しなかったら、さやかを専門のカウンセラーに連れていくことも考えます」

「そう、そうね。それが一番いい方法かもしれないわね。佑真くん、どうか娘をお願いします」

電話を切り、マンションまでの道を急ぎながら、俺は自分に活を入れた。

この分だと、さやかが心身ともに回復するまでには、長期戦を覚悟しなければならないかもしれない。

それでも俺は、しっかり者に育ちすぎたさやかが「助けて」と言ってくれるまで、彼女にメッセージを送りつづけよう。

「たとえ世界中が敵になっても、俺だけは絶対に君を裏切らない」というメッセージを。

4

翌日の月曜日、俺は朝一番に上司の携帯に電話をかけ、医師に下されたさやかの診断と、当面のあいだ自宅療養が必要であることを告げた。上司は同情してくれたが、看病のために有給をとることには難色を示した。「1日や2日で治る病気じゃないなら、数日おまえが休んだところで意味はないだろう」という理由で。

日中、彼女一人を家に置いておくのは不安極まりなかったが、上司にそう言われては欠勤するわけにもいかなかった。

しかたなく、俺はさやかに、

「会社に行っているあいだ、LINEで1時間おきに安否確認をしたいんだ」

と言った。すると、彼女はうっすら涙ぐみながら、

「心配ばかりかけてごめんね、佑くん」と頭を下げた。

月曜日から木曜日は、とくに問題なく過ごせた。書類作成や会議の合間に、「変わりない？　大

丈夫？」とLINEを打つと、すぐに既読がつき、「うん、大丈夫」と返ってきた。そんなやりとりが、1日のうちに10回ほど繰り返された。

　定時で上がり、夕飯の買い物をして帰宅すると、さやかが真っ暗な部屋の中で、一心不乱にスマホを見つめていた。

　その異様な雰囲気に動揺する気持ちを抑え、俺は黙って部屋の明かりをつけた。それでやっと俺の帰宅に気づいたさやかは、まるで幽霊を見るような怯えた目で俺を見ながら「お、おかえり」と言い、スマホを閉じた。

「熱心にニュースを見るのはいいけど、せめて明かりはつけなよ。目に悪いだろ」

たぶん実際はちがうんだろうと思いながら、わざと明るい声でたしなめると、さやかはほっとした表情で、「うん。次は気をつける」とうなずいた。

　事態が動いたのは金曜日だった。動かしてくれたのは、頼れる腐女子の峰岸だった。

「ねえ白井、知ってた？　あんたの奥さん、X上で『公開処刑』されてるわよ」

「こっ、公開処刑!?　なんだよ、それ！」

　どぎつすぎる言葉に心臓がぎゅっと縮こまり、思わず大声を上げてしまった。よりによって、ランチタイムの混雑したイタリアンレストランのど真ん中で。

　峰岸が「しっ」と言ったが、時すでに遅し。周りの席の客たちがぎょっとした顔で俺を振り返った。

「なにが『しっ』だよ。言い出しっぺはおまえだろ」

開いたメニュー表で顔を隠し、周囲の視線をやり過ごしたあと、俺は峰岸に文句を言った。

「だって、そうとしか言いようがないのよ。百聞は一見に如かず。とにかくこれを見てみて」

峰岸が差し出したスマホには、Xの黒い画面が映っていた。躊躇いながら覗き込むと、そこには一読しただけでは意味のわからないコメントが並んでいた。

〈sayaはパクリの常習犯ｗｗ〉

〈mikaさんかわいそ……湊くんへの愛を込めて描いた絵をあんな小者にパクられるなんて〉

〈トレス検証でクロ判定出たのにシラ切るなんてツラの皮あっつ！〉

〈汚ねぇ手で二度と湊くん描くな！〉

「えっと……これはいったい、なんの話なんだ？」

難解な外国語を目にした気分で、俺は峰岸に通訳を求めた。峰岸は眉間を寄せて画面をスクロールしながら、時おり電源と音量ボタンの同時押しで画面をスクショしていた。

「要約すると、奥さんにトレパク疑惑がかかってるってこと。トレパクってわかる？」

もちろんわからない。首を振った俺に、峰岸は「イラスタ百科事典」というサイトを見せてくれた。そこには、こう書かれていた。

〈『トレース』と『パクリ(盗作)』を組み合わせ、略した造語。トレースを利用した悪質な盗作行為のこと〉

「つまり……こいつらは、さやかが誰かの絵をパクったって言ってるのか？」

「そういうこと」

峰岸は悲しそうな顔でうなずいた。

「冗談よせよ！　いったいなんの根拠があって……」

「これ」と峰岸がまたスマホを突きつけてきた。画面には2枚のラフ画が映っている。どちらも日下部湊の顔を正面から描いたものだった。

右側の絵は、紛（まぎ）れもなくさやかの絵だ。先月のエアイベントで販売した本の表紙で、モデルは3年前の俺だと言っていた。

左側の絵は、誰が描いたものかはわからないが、パッと見てさやかほどうまくないと思った。目が異様に大きく、顔全体のバランスが悪かった。表情もぼんやりとして、いまひとつ精彩（せいさい）さに欠けている。俺にはさやかのような絵の才能はないが、原作の日下部湊を知っているから、あながち的外れな意見ではないと思う。

「右の絵がsayaさん、左の絵は、さっきのコメントに名前が出てたmikaが描いたイラスト。ざっと調べたところ、このmikaって絵師は、『プティガト』の連載初期から二次創作をしている界隈一の大手。さらに、日下部と桐生のカップル絵を一番はじめにXに上げた、『偉大なる功績者』なんですって」

「はぁ？　なにが功績者だよ。一番はじめに日下部と桐生のツーショットを描いたのは原作者に決まってるだろ。そういうのを『人の褌で相撲を取る』っていうんだ」

「それは言わないお約束。それが二次創作ってもんなの」

憮然と腕を組む俺には目もくれず、峰岸はスマホを操作しながら先を続けた。

「それでね、sayaさんをトレパク犯呼ばわりした女が、2人の絵を無理やり重ねた画像がこれ」

峰岸が画面をスクロールすると、新たな画像が出てきた。先ほどの2枚の絵を重ねた画像だった。

「どう見ても、完全一致にはほど遠いんだけど、顔の輪郭とギザギザの前髪、鎖骨の線はぴったり重なるの。それで……」

「……それでトレパク？　ふざけんなよ！　同じキャラ描いてんだから、それぐらい似てて当然だろ！」

　またしても大声を上げてしまった。今度は周囲の客だけでなく、皿を下げていたスタッフまでが振り向いたが、もう気にしてはいられなかった。視線の矢を無視して峰岸を睨みつけると、彼女は不満そうに口を尖らせた。

「私に怒鳴らないでよ。私は奥さんが『日下部湊界隈』でいじめられてることについて、情報提供してあげただけじゃない」

　たしかに、これはすごく重要な情報だ。俺には絶対に見つけられなかった。

　そうか、これだったのか、さやかがあんなふうに変わってしまった原因は……動揺を静めるため、俺はサービスのレモンウォーターをがぶ飲みした。

「ごめん、峰岸。教えてくれ、この『公開処刑』は、いつ頃から始まったんだ？」

「ちょっと待って。遡って調べてみる」

　峰岸のさっぱりした性格がありがたかった。オマール海老のクリームパスタを口いっぱいに頬張りながら、峰岸はテーブルに置いたスマホを手早く操作した。彼女の指が画面をスクロールするたびに、大量のデジタル文字とイラスト画像が現れては消えていく。まるで、夜霧を走る新幹線の窓から見る風景のように。

「一番最初の投稿者は、このバロンって絵師みたい。日付は11月6日。内容はさっきの2枚の絵と、トレパクを匂わせたコメント。〈私の目の錯覚でしょうか？　ご新規sayaさんの絵がベテランmikaさんの絵にそっくりなんですが〉ってやつ。それがあっという間に拡散して、sayaさんをなじるコメントが殺到したみたい」

俺は自分のスマホを開いて、カレンダーを確認した。

あのエアイベントが11月4日だったから、初投稿はその2日後か。その後、同様の投稿や誹謗中傷が相次いだとすれば、さやかの状態がどんどん悪化していったこともうなずける。

そのとき、俺はあることに思い当たった。

「峰岸。一番最初に投稿した奴の名前、バロンって言ったよな？」

「え？　ああ、うん……それがどうかしたの？」

俺は黙って目を閉じた。

そして、あのRPG風のエアイベント会場を思い浮かべた。

あの会場にバロンもいた。さやかの左隣の店の主で、アバターは黒猫。そして、行列が続くさやかの店に向かって〈ウザっｗｗ〉と吐き捨てた奴だ。

5

峰岸のおかげでさやかの不調の原因はわかったものの、それを彼女にどう切り出そうか、午後の仕事中や帰りの電車の中で、そればかりを考えていた。

ひと月以上ものあいだ、連日のようにネット上で「公開処刑」されていたことを、さやかは俺にひた隠しにしていた。心配をかけまいとしたのか、それとも、彼女より頭の回転が遅いうえに、二次創作やSNSに疎(うと)い俺なんかに話してもしかたないと思ったのか。どちらであるにせよ、夫として、さやかを一生守っていくと誓った俺にとっては悲しく、情けないことだった。

夕飯を作る気にもなれず、コンビニに寄って弁当を2つ買った。1つはデミグラスハンバーグ弁当で、もう1つは五目そうめんだ。そうめんはミニサイズだが、いまのさやかにはちょうどいい大きさで、胃の負担も少ないだろうと思った。医師からも「食事は無理せず食べられるだけ、消化の良いものを食べさせるように」と言われていた。

重い足でマンションに着き、カードキーで玄関のドアを開け、極力音を立てないように中に入った。忍び足で廊下を歩き、リビングのドアの隙間から室内を覗くと、そこには予想どおりの光景があった。

真っ暗なリビングで、さやかは今日もスマホを見つめていた。画面から放射されるブルーライトが、痩せこけた彼女の顔をほの白く浮かび上がらせていた。

「なんでよ……なんであなたまで……ついこのあいだ、私の絵をリポストして、『ほかの誰にも絶対描けない唯一無二の湊くん』って言ってたじゃないっ……」

吐き捨てるように言うと、さやかは顔を覆って泣き崩れた。

その姿を見た瞬間、俺のなかで何かが弾(はじ)けた。さやかはもう限界に来ている。俺が話すことで彼女を傷つけたらどうしようとか、怖気(おじけ)づいている場合じゃない。言葉の暴力という濁流(だくりゅう)に流されて、もうじき溺死(できし)しかけているのに、それでも「助けて」と叫べないなら、後ろから羽交(はが)い絞めにしてでもすくい上げるしかない。

すぐにリビングの明かりをつけた。さやかがはっと顔を上げ、泣き濡れた赤い目で俺を見た。今日だけで、いったい何度泣いたのだろう。

「あ……お、おかえり、佑くん」

俺はその場に鞄(かばん)とコンビニの袋を置き、パジャマの袖(そで)で顔を拭(ぬぐ)うさやかに近づいた。「な、なに？」と後ずさる彼女から強引にスマホを取り上げ、カバーを開いて画面を見た。

「……やっぱり」

映っていたのはXだった。黒い画面いっぱいに、さやかへの誹謗中傷が乱舞している。俺は奥歯を噛みしめ、いますぐスマホを叩(たた)き割ってやりたい衝動をこらえた。

「かっ、勝手に見ないで！　返してよ！」

スマホを奪い返そうと伸ばしてきた腕を掴み、痩せ細った体を力いっぱい抱きしめた。

「さやか、先月からの君の不調は、日下部湊の絵でトレパク疑惑を吹っかけられたせいだったんだな？」

腕の中で、さやかがギクッと身体を強張らせた。表情を見るためにいったん引き離すと、充血した瞳から新たな涙が溢れ出た。

「ゆ、佑くん……どうして、そのことを……」

「今日の昼、腐女子歴15年の頼もしい同僚が教えてくれたんだ。ソースはもちろんXだ」

さやかは首を振りながら、震える声を絞り出した。

「……してない……わ、わたし……トレパクなんて、してないよ……」

「あたりまえだ！　さやかは白だよ、雪のように真っ白だ。俺も、その同僚も、そんなことわかってるよ」

「でっ、でも……だれも信じてくれないの！　mikaさんは古参の大手さんだし、ふだんから交流が盛んな人だから、彼女を崇拝する信者さんも多くて、新参者の私のことが前々から気に食わなかったんだと思う。そういう人たちが、トレパク疑惑が投稿されてからいっせいに私を非難してきて……『やってないって言うなら証拠を出せ』って言うから、字書きの友だちにアドバイスされて、湊くんの絵を描いてる最中の動画をアップしたの。私、絵を描くときはいつも、ほかの誰の絵も見てないし、もちろんトレースなんてしてないわ。でも、mikaさんの信者たちは、その動画も絶対加工してる、インチキだって決めつけてきて、私が描いたほかの絵も、ぜんぶmikaさんのトレパクに決まってるって騒ぎはじめて……そのせいで、それまで私を擁護してくれてた人たちも、手のひらを返したように私を攻撃してきて……Xだけじゃなく、イラスタのダイレクトメッセージにも、匿名の誹謗中傷が大量に届くようになって……ずっと味方でいてくれてる友だちにまで誹謗中傷メールが来るようになって、私のせいで迷惑かけて……だ、だからもう、どうしていいか……」

「そんなことが……」

ようやく聞き出せた真相に愕然となった。想像していたよりはるかに悪質で執拗な奴らのやり口は、まるで振り払っても振り払っても身体にまとわりついてくる無気味なエイリアンのようで、聞いているだけで身の毛がよだった。

だが、俺まで濁流に流されるわけにはいかない。気を奮い立たせ、もういちどさやかを抱きしめた。さやかは俺の胸にしがみつき、声を殺して泣いた。

「さやか。そんなひどい仕打ちを受けながら、どうして今まで一人で抱え込んでいたんだ？」

「いっ、言えるわけないいじゃない、こんなこと！　だ、だって……二次創作だよ？　仕事や体の悩みだったらともかく……そ、それに二次創作なんて、ふつうの人に言えるような趣味じゃないし、そこで他人の絵を盗作した疑いをかけられて、一方的に攻撃されてます、なんて……そのせいでノイローゼになって、あげくの果てに勤務中に倒れて会社を休んでます、なんて……佑くんにもお母さんにも、もちろん会社の人にだって、とても言えるわけないよ！」

「お義母さんや会社の人はともかく、俺は君が二次創作をしていることを知ってただろう？　俺なりに応援だってしていたつもりだ。なのに、なぜ頼ってくれなかった？　俺はそれがとても悲しいんだ」

「佑くん……」

「さやか。俺は君にとって、そんなに頼りない男か？」

さやかは激しく首を振り、顔を覆って泣き崩れた。

「ち、ちがうの……佑くんのこと、頼りないなんて思ったことない……佑くんもお母さんも、私にとって大好きな人だから、よけいに迷惑かけたくなくて……」

床の上でさやかは膝を抱え、膝頭に額を押しつけて泣き顔を隠した。まるで、自分だけの世界に閉じこもるように。

先日、電話で香さんから聞いた話だ。小学校低学年で母子家庭になってから、さやかはいつもひとりぼっちで、仕事をする母親の帰りを待っていた。香さんが夜遅くに帰宅すると、待ちくたびれたさやかは、お気に入りのぬいぐるみを抱きしめながら、明かりのついた部屋の片隅で、赤ん坊のように体を丸めて眠っていた。まつ毛や頬が涙で濡れていることもあった。そんなさやかを見るたびに、香さんは胸が締めつけられる想いだったという。

　さやかと結婚するとき、香さんが俺につけた注文は、たった1つだった。「佑真くん。さやかをひとりぼっちで泣かせないよう、くれぐれもお願いします……」

　俺はさやかの前に座り込み、彼女の頭をなでながら言った。

「なあ、さやか。君が日下部湊を熱烈に推してるのはわかる。でも、君がそんな人間の屑みたいな奴らのせいで傷つき、衰弱していくのを見るのは耐えられない。絵を描くのをやめろとは言わない。ただ、ネット上に公開するのはもうやめたほうがいい。Xやイラスタのアカウントもいますぐ消して、体と心が回復することだけを考えるんだ」

「だ、だめよ！　だって、このまま逃げたりしたら、やっぱりパクってたんだって言われちゃうもの。私を信じてかばってくれてた友だちにも迷惑がかかる。だっ、だから私……トレパクの疑いを晴らすまで、絶対に逃げるわけにはいかないのよ！」

　血を吐くような叫びを聞きながら、俺は深いため息をついた。

　悲しいが、認めないわけにはいかなかった。もうさやかは以前の聡明な彼女ではなくなっている。いい年をした大人のくせに、中学生より幼稚で卑怯な奴らに徹底的にいじめ抜かれたせいで、冷静な判断ができなくなっているんだ。

そのとき、俺の手の中でさやかのスマホが振動した。手を伸ばしてきたさやかに「もう今日はXは見るな」と言うと、

「Xのバイブは切ってあるわ。バイブ通知は、LINEかInstagramのどちらかよ。Xとちがって、どちらも私が承認した人しかメッセージが送れないようになっているから」

じゃあ大丈夫か……俺がスマホを返すと、さやかはすぐにカバーを開いて画面を見た。俺も横から覗き込んだ。

通知はInstagramからだった。さやかがアイコンをタップすると、目を剥くようなメッセージが現れた。

〈パクり犯に告ぐ。キサマの個人情報を突きとめた。明日から家族もろとも『公開処刑』してやる〉

「あ……」

眩暈を起こしたさやかを抱きとめ、手の中のスマホをもぎ取った。

「気にしなくていい、さやか。こんなのハッタリだ」

「で、でも……私のせいで、佑くんやお母さんまで……」

「落ち着くんだ。もし本当だとしても、ここまでやったら完全に犯罪だ。必ず相手を突きとめて訴えてやる」

なおもパニックが収まらぬさやかに、俺はなかば強引に睡眠導入剤を服用させた。まず俺がミネラルウォーターと錠剤を口に含み、泣いて暴れる彼女を床に押し倒して口移しで飲ませた。

薬とさやかの相性が良いのは助かった。なおももがく彼女を抱き上げてベッドに寝かせ、上に覆いかぶさってきつく抱きしめていると、5分もしないうちに深い寝息を立てはじめた。俺はベッドから降り、ぜいぜいと肩で息をした。早鐘を打つ胸に手を当てると、なぜかワイシャツの胸ポケットが濡れていた。すぐにさやかの涙だと気づき、彼女の寝顔に手を合わせて、手荒な真似をしてしまったことを謝った。

そうめんを食べさせられなかったことが悔やまれたが、いまは食事より睡眠のほうが大事だ。俺はレンジでハンバーグ弁当を温めて食べ、シャワーをすませた。その後寝室に直行し、さやかの隣に潜り込んだ。

だが、神経が異様に昂って眠れず、リビングのソファでオンラインゲームに現実逃避した。出現確率15％のレアアイテムを入手したところで夜明けを迎え、キッチンで熱いブラックコーヒーを飲んでいると、テーブルの端に置いたスマホが鳴った。上司からの電話だった。

「白井。昨日おまえが先方に届けた商品の一部に破損が見つかったそうだ。早急な回収と交換を要請された。いまから行けるか？」

どうしてこう悪いことが重なるんだろう。痛む頭に手を当てながら、俺は選択の余地のない問いに答えた。

「もちろんです。すぐに先方に直行します。申しわけありません、部長。私の確認不足のせいで」

「おまえのせいじゃない。品質検査は商品の一部だけでいいから、納期を大幅に早めてほしいと無茶を言ってきたのは向こうだ。それより、休日の朝早くにすまんな。俺もいまから家を出る。作業は2、3時間あれば終わると思う」

わかりました、と言って電話を切り、クローゼットからスーツを出して着替えた。

さやかを一人にするのは心配だったが、彼女は薬の効果でまだぐっすり眠っている。2、3時間で帰ってこれるなら、まあ大丈夫だろうと考えた。

念のため、さやかのスマホはキッチンの食器棚の上に置いた。もちろんX閲覧防止のためだ。荒っぽい方法だが、この際しかたなかった。

スマホを隠してしまったので、もちろんLINEも使えない。さやかが目覚めたとき不安にならないよう、書き置きをすることにした。

「急な仕事が入ったので出かけます。3時間ほどで帰る予定です。冷蔵庫にそうめんが入ってます」と書いたメモをキッチンのテーブルに置き、忍び足で廊下を歩いた。靴を履いて外に出ると、燦々（さんさん）と降りそそぐ朝の陽光に、徹ゲーで酷使した目の奥がズキッと痛んだ。

6

取引先の倉庫で作業を終え、部長と同乗したタクシーでマンションに帰りついた。玄関にさやかの靴があることに安堵した俺は、足早にリビングを抜けて寝室に入った。

だが、ベッドにさやかの姿はなかった。キッチンにも、彼女の私室にもいない……となると、あとはトイレと浴室しかない。

リビングの壁にかかった給湯器のパネルを見ると、浴槽の給湯ボタンが点灯していた。そんなバカな……思わずそう呟いた。さやかが浴槽に湯をためるわけがない。

体が衰弱しはじめてから、さやかは一度湯あたりで倒れたことがあった。そのすぐあとに、大物女優が浴室で死亡したニュースが流れたこともあり、入浴はシャワーだけですませるようにと俺が言い、さやかもそれを守っていた。それなのに――

俺はパネルに飛びつき、呼び出しボタンを押して叫んだ。

「さやか、どうした！　大丈夫か!?」

10秒待ったが、返事はなかった。同じことを二度繰り返したが、結果は同じだった。

あれほど風呂に入るなと言ったのに……約束を破ったさやかを内心で責めながら、廊下を走って洗面所に飛び込み、ノックもせずに浴室のドアを開けた。

つぎの瞬間、俺は息を呑んで立ち尽くした。

真っ先に目に飛び込んできたのは、床に置かれた黒金色のカッターナイフ、刃の部分が赤い液体で濡れている——

それから、薔薇の花びらを煮詰めたように鮮やかな赤に染まった湯と、その中に片腕を入れ、浴槽の縁を枕にして眠るさやかの姿だった——

第3章　復讐の火ぶた

1

10日間の忌引休暇が明け、俺は会社に退職届を提出した。

本当はすぐにでも辞めたかったが、就業規則に従って、受理されてから二週間は出勤することにした。

折よく、二週間後には年末休暇に入る。辞め時としてはいいタイミングだ。「立つ鳥跡を濁さず」をめざし、退職までは引き継ぎに専念することにした。

社内では、さやかの死は自殺ではなく交通事故死ということになっていた。よけいな詮索や噂を避けるために、上司である部長が「そういうことにしておいたほうがいい」と助言してくれたのだ。

「本当に申しわけない。俺があのとき、おまえを呼び出したりしなければ……いや、おまえの申し出どおり、休暇をとらせて奥さんの看病に専念させていれば、こんなことにはならなかっただろう……」

身内だけの葬儀の翌日、憔悴（しょうすい）した顔で弔問に訪れた部長は、マンションのロビーで出迎えた俺に土下座した。

ちがいます、部長のせいじゃありません——床に伏（ふ）した上司の、白髪（しらが）の混じった後頭部を見ながら、俺は嗚咽（おえつ）をこらえて頭を振った。

「白井、つらいだろうが、おまえは奥さんの後を追うなよ、頼むから……」

エントランスでの別れ際、すがるような目でそう言った部長に、俺は無理につくった微笑を返した。

辞表を提出したあと、同僚たちが入れ代わり立ち代わりデスクにやってきて、熱心に引き留めてくれた。

「白井。奥さんのことは残念だったけど、仕事は続けたほうがいいよ。出社するのもつらいなら、立ち直れるまで休職するって手もあるんだし」

それぞれに言葉はちがうが、おおむねそのような内容だった。

だが、俺の心は決まっていた。一人ひとりに礼を言い、「事情が事情だし、送別会もいらないから」と言うと、みなハンカチで目を押さえ、うなだれながら自分のデスクに戻っていった。

ただ一人、峰岸にだけは真実を打ち明けた。忌引休暇の最中、もしできれば弔問をさせてほしいと連絡をくれた峰岸に、俺は快諾と感謝の返事を返した。

リビングに設えた後飾り祭壇に、峰岸は持参した仏花や菓子を供え、さやかの遺影に向けて長い時間黙とうを捧げてくれた。俺は丁重に礼を言い、テーブルに用意した茶菓子と緑茶をすすめた。

「なんだか、初めてお会いしたような気がしないわね、さやかさん……そりゃそうよね。だって私、ネットでずっとsayaさんの絵を見てきたんだもの。この写真のさやかさんも、彼女が描いた絵そのままの、透明感のあるきれいな人ね。あんたがぞっこん惚れたのもわかるわ」

「ありがとう。さやかが聞いたら、きっと喜ぶ」

本心からの言葉だったが、峰岸は表情を険しくして湯呑を置き、じっと俺の目を見た。

「白井、無理して笑わなくていいよ。今日はあんたに作り笑いをさせるために来たんじゃないの。本当の話を聞けたらと思って来たのよ」

「……わかった。おまえには話すよ」

ため息とともにうなずいた。峰岸に連絡をもらったときから、こうなる予感はしていた。

感情を押し殺すため、「これは新商品開発のミーティングだ」と自己暗示をかけながら、峰岸が「公開処刑」のことを教えてくれた翌日に、さやかが風呂場で自殺したことを話した。

ミーティングの鉄則どおり、要点だけを事務的に話したつもりだった。だが語り終えたとき、峰岸はテーブルに顔を伏せて泣いていた。

もらい泣きを防ぐため、俺は目線を窓の外に移した。天気は今日も快晴で、澄んだ青空を切り取るように数羽の雀が横切っていく。一陣の風が吹き、細い枝から薙ぎ払われた紅葉がふわり、ふわりと中空を舞い踊る。そんな真冬の昼ののどかな光景に、ぼんやりと見とれた。

「そ、そうじゃないかと思ってた……だって、あんな……根も葉もない疑惑やしつこい誹謗中傷を受けつづけたら……わ、私だって、奥さんと同じことをしていたかもしれないもの……」

俺は窓に向けていた目を戻し、泣きすぎてメイクがぐちゃぐちゃになった峰岸に微笑みかけた。さやかの痛みと無念を理解してくれる人がいてよかった、と思いながら。

ハンカチで顔を拭きながら峰岸が言った。

「でも……ごめん、白井。いちばん悪いのは私。私があの日あんたに言わなかったら、奥さんは死なずにすんだかも……」

「峰岸は何も悪くない。悪いのはさやかの『公開処刑』にかかわった屑どもと、夫でありながらさやかを救えなかった俺だ」

「な、なに言ってんの！　白井はなんにも……」

言いかけて、峰岸は口をつぐんだ。俺がテーブルの上に置いたＡ４サイズのコピー用紙を、息を呑んで見つめた。

「さやかを執拗に誹謗中傷した奴らのリストだ。忌引休暇のあいだ、Ｘのポストとイラスタのコメントを徹底的に調べ上げた。こいつらを全員処刑して、俺は自分の罪を償（つぐな）うつもりだ」

「白井……」

呆然と呟いた峰岸に、「どうせもう俺には、失うものは何もないから」と微笑んだ。

長い沈黙のあと、峰岸は俺の目を見てうなずくと、

「わかった。私もできるだけ協力する」

と言って、ハンドバッグから推しキャラのボールペンとスマホを取り出した。

「Xでsayaさんへの誹謗中傷が増えるにつれて、『日下部』『トレパク』がトレンド入りするまでになったの。それが原因で、界隈以外の人もsayaさんへの攻撃コメントを見るようになった。その結果、一部の心ある人たちが『さすがにこれはあんまりじゃないか』とか『日下部・桐生推しには、ずいぶん陰湿なのがそろってんな』とか呟くようになってね。たぶんそれを見て、ビビって、慌（あわ）ててコメントを消した奴らも何人かいるの。でも私、目についたコメントは全部スクショしてあるから」

峰岸が見せてくれたXのスクリーンショットは、すでに消されたコメントも含めて300枚以上にのぼった。

どれほど強靭（きょうじん）なメンタルの持ち主だって、これほど大量でタチの悪い誹謗中傷を毎日見続けたら、人間不信やうつ状態になるのは避けられないだろう。繊細で生真面目なさやかならなおさ

ら、その精神的な苦痛は耐えがたいものであったにちがいない。

俺は峰岸に頼んで、それらのスクショをすべてLINEで転送してもらった。それから2人で手分けして、それらのコメント主をすべてチェックした。その結果、俺の作った「公開処刑リスト」には、新たに10人以上の名前が加わった。

その頃にはすでに日は沈み、窓の外はすっかり暗くなっていた。「あ〜、弔問に来てまで仕事しちゃった」と言いながら、右手で左肩を揉む峰岸を見て、俺は急いで財布を取り出した。

「悪かったな、峰岸。これでアロママッサージでも受けてくれ」

峰岸は肩を揺すって笑い、俺が差し出した一万円札を手のひらごと押し返した。

「いいわよ。同僚のよしみでノーギャラにしてあげる。それよか、これがホントにあんたの役に立てばいいけど……」

「立つさ、もちろん。でもそのとき、俺はおまえの同僚じゃなくなっているだろうけど」

峰岸の顔から笑みが消えた。会社には忌引休暇が明けたら話すと言うと、硬い表情でうなずいた。

最寄り駅まで送っていくとき、峰岸は寂しそうに言った。

「そういえばさ、あんたのお気に入りだったあの台湾料理店、今月末で閉店するんだって。休暇が明けたら『最後の昼餐』しようよ」

だ。

「ああ、いいよ」

うなずきながら、あの店のトマト入り牛肉麺がもう食べられなくなるのか、と寂寥の感がこみ上げた。8年前の入社以来週一のペースで通っていたから、たぶん250杯くらいは食べたはずだ。

また何か協力できることがあったら連絡して——「バイバイ」の代わりにそう言った峰岸が改札を抜けるまで見送り、もう十分だよ、と独りごちてから踵を返した。

帰宅後は簡単に部屋の掃除をして、夕飯はレトルトカレーをあたためて食べた。さやかが亡くなってから、一度も料理らしい料理はしていない。

今夜もベッドには入らず、リビングでオンラインゲームの世界に入り浸った。夜明けまで一睡もせずにゲームに没頭し、疲れ果てて失神するように眠るのが日課になっていた。

一人きりの寝室で眠ることが恐ろしかった。暗闇の中で目を閉じると、あの日、浴室でさやかを発見したときの光景がフラッシュバックするからだ。

2

「うわあああああっ、さやかっ！　さやかっ！」

半狂乱で妻の名を呼び、赤い湯から白い手首を引き上げた。ぱっくり裂けた血だらけの腕に夢中でタオルを巻きつけるが、あっという間にそれも赤く染まる。恐ろしくて、痛々しくて、脳の神経が焼き切れてしまいそうだった。

震える手でズボンのポケットからスマホを取り出し、一一九番通報をした。救急車の到着まで5分はかかると言われ、「急いでくれ！　妻が死にそうなんだ！」と怒鳴って電話を切った。

浴室の床にへたり込み、震える腕でさやかを抱きしめながら、たぶんもう手遅れだろうと思った。もうさやかは息をしていない。根も葉もないトレパク冤罪と誹謗中傷で傷つきすぎた彼女の魂は、永遠の安穏（あんのん）をめざして天国へと旅立ってしまったのだ。

その証拠に、俺の肩にもたれかかるさやかの顔は青ざめ、憔悴しきってはいたものの、苦痛の表情は浮かんでいなかった。

さやかが苦しみから解放されるためには、自殺という方法しかなかったのか……子どものように泣きじゃくりながら、俺は無力感にうちひしがれた。

そのとき、カサッという音が聞こえた。小さな正方形に折り畳まれた紙切れが、浴室の床に落

ちた。たぶんさやかが、リストカットをしなかったほうの手で握りしめていたものだろう。

状況からして、遺書にちがいないと思った。俺はさやかの頭を膝にのせ、その紙切れに手を伸ばした。

自分を自殺に追い込んだ連中への恨みつらみが書いてあるかもしれない、という予想に反し、桜模様の便箋に几帳面な美しい字で綴られていたのは、俺にあてた短いメッセージだけだった。

〈さよなら、佑くん。いままで本当にありがとう。佑くんは私をとてもとても大事にしてくれたのに、迷惑ばかりかけてごめんなさい。次はあなたにふさわしい素敵な女性と結婚して、末永く幸せになってください〉

俺は便箋をくしゃくしゃに丸めて握りしめ、拳ごと浴室の床に叩きつけた。同じことを何度も何度も繰り返し、内出血で拳が赤く腫れあがってもなお床を殴りつづけた。

拳より、さやかの最後の優しさに抉られた胸のほうが痛かった。俺の膝の上で目を閉じるさやかに怒りをぶつけたくても、彼女はもう何も答えてはくれない。

「ひでぇよ、さやか……あんまりだ……俺をひとりぼっちにしただけじゃ飽き足らず、どん底に突き落とすなんて……」

3

さやかが亡くなってひと月が過ぎ、俺が会社を辞めた頃から、香さんがほぼ毎日のようにマンションにやってきて、彼女が仕事帰りに買ってきた夕飯を一緒に食べるようになった。

「佑真くんにまで死なれちゃ困るから、これからは毎日安否確認に来るわ」

最初の日、本気とも冗談ともつかない口調でそう言った香さんは、さやかの葬儀で会ったときより、顔も身体もひと回りほど痩せ細っていた。

それに対し、「心配しすぎですよ、お義母さん」と答えた自分の声は、夏の終わりの蝉のように弱々しかった。

晩酌の前、香さんは必ずさやかの遺影に向けてグラスをかかげ、「乾杯、あたしのかわいい子猫ちゃん」と声をかけた。俺も何か気の利いたことを言おうとしたが、結局いつも「乾杯」しか言えなかった。

「前から思ってたけど、佑真くんってさ。そんなにイケメンなのに、真面目すぎてもったいないよね」

「真面目かどうかはわからないけど、さやかにもよく言われました。『結婚記念日や誕生日くらい、甘い言葉の1つや2つ言ってくれてもいいのに』って。でも、ダメなんです。いざさやかの顔を見ると恥ずかしくて、全身がむず痒くなってしまって……赤い薔薇の花束を渡しながら、『I Love You』のLINEスタンプを送るのがせいいっぱいでした」

香さんは口からビールを噴き出し、ゴホッ、ゴホッと激しくむせた。「大丈夫ですか？」と俺が差し出したティッシュで口を拭きながら、

「やっ、やだそれ実話？　じゃ、じゃあ、告白もプロポーズも、さやかのほうから？」

「いえ。さやかが俺の態度や行動から察してくれたっていうか……だから、もしさやかに会えなかったら、俺はずっと独身だったと思います。会社の女子からも『空気が読めないざんねんなイケメン』って呼ばれてたらしいんで」

香さんはビールの缶を握りしめながら、ひとしきり肩を揺すって笑っていた。そのあいだ、俺は唐揚げやレバニラ炒めやチーズ鱈をつまみ、缶チューハイを飲んだ。

香さんのおかげで、どん底だった食欲が少しずつ戻ってきていた。10キロ近く落ちた体重も底を打ち、回復基調に入った。それがいいことなのかどうか、いまの俺にはわからないけれど。

俺が食器を洗っているあいだ、香さんはリビングのソファに座り、さやかの本をぱらぱらと読みはじめた。あのエアイベントで販売した、最初で最後の日下部湊本だ。いまとなっては、その本もさやかの遺品だった。

「小説やビジネス書ばかり読んでいたあの子が、こんな漫画を描くなんてね……たしかにこの日

下部って男の子、佑真くんによく似てる。そんでもって、この桐生颯香って女の子がさやか自身なんでしょ？　さやかが佑真くんに言ってもらいたいセリフを、日下部から颯香に言わせたのね」

「わかりますか？　さすが親子ですね」

大袈裟に褒めてみせると、香さんはふん、と鼻を鳴らした。

「べつにあたしには推しもいないし、二次創作にも興味ないけど。日下部が佑真くんにそっくりなら、さやかは相手の女の子を自分に見立てて描くに決まってんでしょ。でも……ふーん、キスシーン止まりなんだ。ベッドシーンは思いとどまったか、わが娘よ」

「ええ。おかげで、俺もなんとか読ませてもらえました」

言いながら、部屋の隅で膝を抱えていたさやかを思い出す。真っ赤な顔を伏せていた姿がかわいくて愛しくて、思わず涙が浮かんでくる。その目を洗剤のついた手で拭ってしまい、激痛を堪えながら流水で洗う羽目になった。

それから2人で食後のコーヒーを淹れた。

香さんはいつもさやかのカップを使う。ただ、さやかはいつもコーヒーにポーションミルクを入れていたけれど、香さんはブラックに砂糖をたっぷり入れる派だった。それで俺はしかたなく、残っていた賞味期限間近のポーションミルクを処分し、香さんのためにスティックシュガーを買った。

2つのカップにブラックコーヒーを均等に注ぎ、片方のソーサーに砂糖の袋とスプーンを添えてから、ああもう本当にさやかはいないんだな、と思った。この家にポーションミルクを買い置くことも、もう二度とない。さやかのお絵描きタブレットが二度と起動しないのと同じように。

俺は大きく息を吸い込んで、ゆっくりと吐き出した。悲しみに飲み込まれそうなとき、いつもそうするように。

それから2つのカップをトレーにのせ、香さんが待つテーブルへと運んだ。

4

「ねえ、佑真くん。もしかしたら、あなたも知ってるかもしれないけど」

淹れたてのコーヒーに息を吹きかけながら香さんが言った。だが、そこで言葉は途切れ、なんとなく俺のほうから訊かざるをえない雰囲気になった。

「なんですか、お義母さん」

「あ、うんとね……さやか、妊娠してた可能性があるの」

頭が真っ白になった。おそらく、前触れもなくこの話を振られた大抵の男がそうであるように。

「あ、やっぱり知らなかったのね」と言う香さんに、ぶんぶんと首を縦に振ってから、「ほ、ほんとですか、お義母さん！」と身を乗り出した。

「うん。さやかが亡くなる一週間くらい前に、電話で相談されたの。自宅療養を始めてから生理が来ないんだけど、体調不良のせいか、それとも妊娠したのか、どっちだろうって」

「そ、それで……？」

「とりあえず妊娠検査薬を買ってきて、検査してみるように言ったの。その結果がこれね」

差し出されたスマホに、左半分がピンク、右半分が白色の、プラスチックのスティックが映っていた。その真ん中にある小さな長方形の窓に、うっすらとしたピンクの線が2本映っている。

「尿検査用のスティックなんだけど、妊娠していたら、ここに2本の線がくっきり出るの。でも、色がかなり薄いから、二週間後にもういちど検査してみて、もっと濃い線が出たら、一緒に病院に行こうって言ったの。さやかもそれに賛成したわ。もし妊娠してなかったら佑真くんをがっかりさせちゃうから、彼に言うのはお医者さんの診断が出たあとのほうがいいって」

「そ、そうだったんですか……」

自分でも間抜けな返事だと思ったが、告げられた内容が衝撃的すぎて、息をするのさえやっとだった。

落ち着くために、コーヒーをひと口飲んだ。香さんはスマホでほかの写真を見始め、俺が衝撃から立ち直るまでほうっておいてくれた。

　さやかが妊娠していたかもしれない――俺がショックを受けたのは、そのことではなかった。結婚以来、ずっと待ち望んでいた吉報だ。もちろん嬉しいに決まっている。もし、さやかが今でも元気で生きていて、俺の目の前に妊娠検査薬を突き出し、「見て佑くん、私、妊娠したよ！」と、自ら（みずか）の口で教えてくれたのなら――

　でも、現実はそうじゃない。さやかは俺に何も教えてくれなかった。

　ネットで誹謗中傷を浴びつづけた、あの地獄のような日々の中で、さやかはそんな大事な話ですら俺に秘密にしていた。母親の香さんには打ち明け、どうすればいいか相談もしていたのに……

　そのうえその秘密は、遺書にも書かれていなかった。代わりに書かれていたのは、よりによって俺に再婚を促すようなメッセージだ。

　俺の子を身ごもったまま天国に旅立ったさやかと、何も知らないまま地上に置き去りにされた俺――脳裏に浮かんだそんなイメージを、頭を振って打ち消した。

　ダイニングテーブルの椅子から立ち上がると、ふらつく足でリビングに入り、奥の壁際に設（しつら）えた祭壇の前に座り込んだ。祭壇というよりドレッサーのような洒落（しゃれ）たデザインで、下の収納庫に納骨（のうこつ）ができる仕様になっている。

　収納庫の観音開きの戸を開けて、さやかの遺骨が入った七宝焼きの小さな骨壷を取り出した。

それを胸に抱きしめて、言いようのない感傷に浸っていると、テーブルの向こうで香さんがぐすっと鼻を鳴らした。

「さやかが妊娠していたのかどうか、いまとなってはもうわからないね。残された佑真くんのことを思えば、してなかったって思ったほうがいいのかもしれないわね」

「……そんなに頼りなかったんですかね、俺は。さやかにとって」

なぜか香さんにまでダメ出しをされた気分になり、つい口に出してしまった。

香さんに当たってもしかたないことはわかっている。そんな自分がまた嫌になった。

「佑真くん。先日も言ったけど、さやかがなんでも一人で抱え込む性格になったのは、私の責任よ。さやかは佑真くんが大好きだった。だから毎日せっせと日下部湊の絵を描いてたんでしょ。人生最推しの旦那さんにそっくりだったから」

俺は思わず笑った。やっぱり香さんは優しい。こんなダメダメな婿を一言も責めないばかりか、持ち上げたり慰めの言葉をかけてくれるのだから。

骨壺を納骨庫に戻し、香さんの前に戻った。

「推すより、寄りかかってほしかったなって思うんですよ、俺は。そのほうが何倍も嬉しい」

「さやかに『愛してる』も言えなかったのに？　あんたたち、どっちもどっちよ」

痛いところを突かれた。にやにや笑いの香さんから目を逸らして押し黙っていると、テーブルの上のスマホがバイブした。LINEの受信通知だ。

「あら、まだ解約してなかったの？　さやかのスマホ。お金がもったいないじゃない」

「しませんよ。さやかの復讐を果たすまでは」

復讐!?　と目を剥いた香さんに、真顔でうなずいてみせた。

「お義母さん、さやかの死因はたしかに自殺でした。浴室で自分の手首を切って、自らの意思で命を絶ったんです。それは警察医が作成した『死亡検案書』にも明記されていましたよね？」

「え、ええ……」

「でも、さやかをそこまで追い込んだのは、俗に『ネットリンチ』と呼ばれる集団いじめです。SNSという匿名の世界で、さやかは悪意のある卑怯な連中から執拗に攻撃され、心をズタズタに切り裂かれた。それがさやかが自殺した原因です。だから俺は、さやかの夫として、必ずそいつらの素性と居場所を突きとめて復讐し、彼女の仇を討つつもりです」

「佑真くん……」

呆然と呟いた香さんの前で、俺はさやかのスマホを操作しはじめた。

さやかがパスワードを記したメモを机の引き出しに残してくれていたおかげで、料金さえ払えば彼女のスマホを使いつづけることができる。

むろんプライバシーの問題はある。だからまずXでsayaの交友関係を調べ、スマホで見るのはその交流相手とのLINEトークだけと決めた。

おそらく、その人物が復讐成功の鍵を握っている——俺はそれに賭けることにしたのだ。

4桁の番号を入力してロックを外し、アイコンをタップしてLINE画面を呼び出した。

メッセージの送り主は「きつつき」。もちろんニックネームで、本名はわからない。

きつつきは日下部推しの字書きで、最後までさやかの味方でいてくれた女性だ。亡くなる前日にさやかが「私を信じてかばってくれてた友だち」と言っていたのも彼女のことだ。

さやか、いや、sayaの話が聞きたくて、2日前に俺のほうからきつつきにコンタクトを取った。どんなメッセージにすればいいのか、頭痛がするほど悩んだ末、どうしても伝える必要がある3つの事柄に絞（しぼ）った。まず、俺がさやかの夫であること。次に、さやかがひと月半前に自殺したこと。そして、さやかにかけられた「トレパク疑惑」について、知っていることを教えてほしい、ということだ。メッセージの信憑性を補強する目的で、俺のマイナカードとさやかの死亡検案書の写真も送った。

これまでのLINEトークからすると、さやかときつつきはプライベートでも会うほど仲が良かったようだが、それでも内容が内容だ。たいていの人間なら関わりを避けようとするだろう。

生前のさやかときつつきとの絆がどれほど強いものであったか。それだけを頼りに、祈るような思いで送信した。

それから丸2日。多少時間がかかったが、返信が来たということは、やはり彼女とさやかの友情は本物だったようだ。

きつつきは俺のことを信用してくれもしたのだろう。会ったこともない女性にマイナカードの写真を送るのは勇気が要ったが、念には念を入れてよかった。

さいわいにも、きつつきからのファーストメッセージは、こちらの期待以上の内容だった。

〈初めまして、白井佑真さん。「きつつき」こと橘かえでと申します。二次創作の世界でsayaさん、もとい、さやかさんの一番のファンを自認していました〉

〈奥様のご逝去に際し、心からお悔やみ申し上げます。トレパク疑惑の件では私も多分に思うところがあり、今回ご連絡させていただきました。込み入ったお話なので、できたら直接お会いできればと思います〉

第4章　コスプレ・トラップ

1

橘(たちばな)が指定した2月20日の午後1時、東京駅近くのカフェで彼女と待ち合わせた。

5分前に到着すると、店内はちょうどランチのピークを過ぎたころで、多少長居しても問題はなさそうだった。

案内された窓際の席に座り、スマホでネットニュースを読みながら待っていると、

「うわぁ……ホントにリアル湊くんですね」

と、すぐそばで女の声がした。自分のことを言われているのだと気づく前に、声の主が向かいの席に腰を下ろした。淡いブルーのスーツを着た30歳前後の髪の長い女で、切れ長の目と薄い唇に親しげな微笑を浮かべていた。

「白井佑真さんですね、はじめまして。きつつきこと、橘かえでです」

＊

「やっぱり似てますか？　日下部湊に」

それぞれ別のランチセットを注文したあと、苦笑いで尋ねた俺に、橘は氷入りの冷水をひと口飲んでからうなずいた。

「ええ。さやちゃんに聞いてはいましたが、ここまでとは思いませんでした。お送りいただいたマイナカードのお写真は、小さすぎてよく見えなかったので、こうしてお会いするまでは半信半疑だったんですが……」

さやちゃん、という呼び方に、2人の親密さが表れていた。二次創作やSNSから始まった繋がりでも、さやかと彼女は学生時代からの友人のような関係だったのかもしれない。

「湊くんのファンは、原作でも指折りに美形な彼のビジュアルに夢中ですけど、さやちゃんはちがったんですね。湊くんが旦那さんに似ているから、好きになったんだと思います」

聞きながら、鼻の奥がツンと痛んだ。「抱擁をしたいときには妻はなし」……そんな言葉が脳裏をよぎり、霧のようにかき消えた。

「ところでさっきから気になっていたんですけど、橘さん、そのスーツケースは？　これからご旅行ですか？」

俺がテーブルに横づけされたリモワの小型スーツケースを指さして尋ねると、橘は小さく首を振って微笑んだ。

「いえ、旅行ではなく出張なんです。じつは私、中堅機器メーカーの営業をしてまして、本社が東京にあるので、月に一度は出張で来るんです」

「え、どちらから？」

「札幌です。昨日の早朝の便で来て、今夜7時の便で帰ります。本社会議は昨日の午後と今日の午前中に設定されていました。なので、白井さんとのご対面は、体が空くこの時間に指定させていただいたんです」

「なるほど、そうだったんですね。お忙しいところ時間をとっていただいて感謝します」

「いえ、気にしないでください。あ、そうそう。前回の出張では、さやちゃんと会ったんですよ」

「えっ、さやかと？」

「ええ。さやちゃんの昼休みに会社の近くの洋食屋さんで待ち合わせて、ランチを食べながら『プティガト』や湊くんの話に花を咲かせまくって……楽しすぎて、時間があっという間でした。でもまさか、あれがさやちゃんとの、最初で最後のお食事になるなんて……」

　橘がバッグからハンカチを取り出したとき、彼女が注文したミックスサンドイッチが運ばれてきた。俺が手で促すと、橘はハンカチで軽く目を押さえ、会釈をしてから卵サンドをつまんだ。

「白井さんにLINEでさやちゃんの訃報を告げられたあと、一晩中泣きました。悲しさより、さやちゃんを守りきれなかった悔しさのほうが大きかったんです」

「俺もです。いや、俺の場合は悔しさより、情けなさのほうが大きいかな」

俺が自嘲のため息をつくと、橘は小さくうなずき、咳払いをして先を続けた。

「翌日は会社を休み、Xのアカウントも消しました。もうこんな汚い世界にいたくない、あいつらがなんて言おうが、知ったことかと思って」

「それが正解だと思います。『逃げるが勝ち』です。さやかのアカウントは消してないので、いまだに続々と誹謗中傷メールが来ますから」

「捨て垢ってやつです。さやちゃんにブロックされた奴らが、元々のアカウントとは別のアカウントを登録して、そこから発射してくるんです」

俺はうんざりした気分でため息をついた。Xに生息するエイリアンどもはどこまでしつこく、そして暇なんだろう。しかもそいつらは、さやかが自殺したことも知らないのだ。苛立ちを噛みしめながら、遅れて運ばれてきたピザトーストにかぶりついた。

「さやちゃんがトレパク疑惑をふっかけられた理由は、ようするに嫉妬なんです。さやちゃんは『プティガト』の連載が終わってから二次創作を始めた、いわゆる『後発組』なんですけど、とにかく画力がずば抜けていました。Xに1枚目のイラストをアップして、たった1日でフォロワーが二千人を超えたほどなので、古くからいて彼女に負けた絵師さんたちは、面白くなかったと思います」

「さやかの画力や人気は、昨年11月のエアイベントで俺も実感しました。イベント開始から終了まで、さやかの店にはずっと長蛇の列ができていた。さやか本人は、初めてなのに多く刷りすぎたと心配していた新刊も、たった数時間で売り切れました」

「ええ、知っています。あのイベントには私も一般で参加してたので。さやちゃんのお店、私が一番乗りしたかったけど、先客が一人いたんですよ。たしか、エプロンドレスの女の子のアバターだったわ。時計とにらめっこしながら開場をいまかいまかと待っていたから、すごく悔しかったな」

「それ、俺です」と言うと、「やだ、目の前に本人がいたなんて！」と橘は声を上げて笑った。

ランチを食べ終え、食後のコーヒーが運ばれてきたところで、本題に入ることにした。

「イベント終了間際に、さやかの店に向かって『ウザっｗｗ』と吐き捨てた絵師がいました。ペンネームは『バロン』です。ご存じですか？」

「もちろん知っています。さやちゃんにトレパク疑惑をふっかけた張本人です。あいつがあんなポストをしなければ、さやちゃんはいまも元気に湊くんの絵を描いていたと思います」

橘はナプキンで口を拭き、悔しそうに顔を歪めた。

「さやちゃんは、トレパクはもちろん、何一つ悪いことはしていない。純粋に湊くんが好きで、その気持ちを原動力に二次創作をしていただけです。それなのに、連中は『他人の不幸は蜜の味』

とばかりに、よってたかって彼女を叩き、冤罪をかけて界隈から追放しただけでなく、ありとあらゆる手段で誹謗中傷を送りつけ、身も心もボロボロにして自殺にまで追いやった。そんなことが……許されるはずがありません」

「そのことなんですが、トレパクの疑いを晴らすために、さやかにお絵描き動画を公開するようアドバイスしたのは、橘さんですよね？」

橘は目を見開いて俺を見た。「え、ええ……その件はすみません。出しゃばった真似をして……」

「いえ、責めてるわけじゃありません。むしろ感謝してるんです。フォロワーや友人たちが次々と手のひら返しをしていくなかで、あなただけが最後までさやかの味方でいてくれたことを」

それはさやかの夫として、どうしても「きつつき」に直に会って伝えたかったことだった。橘はほっとした顔でうなずいた。

「さやちゃんにかけられたトレパク疑惑を晴らすには、もうそれしか方法がないと思ったんです。動画を見て、さやちゃんはシロだって信じてくれた人もいましたけど、バロンをはじめとするmikaさんの信者は『この動画、絶対加工してる！』と決めつけて、なおも食い下がってきました。打つ手がなくなったさやちゃんは、それきり弁解をやめてしまって……バロンたちが、それを『降参』だと勝手に解釈して、『そら見ろ！　やっぱりクロだったんだ！』と囃し立てたら、私以外に彼女を擁護していた人たちも、手のひらを返してさやちゃんを攻撃しはじめたんです」

橘の話をメモしながら、シャーペンの芯を2回も折ってしまった。だいたいのところは峰岸からも聞いていたが、それでもはらわたが煮えくり返る思いだった。

私があんな提案をしなければ……声を詰まらせ、ハンカチで目を押さえる橘と、あの晩暗い部屋でスマホを見つめながら、味方の裏切りを嘆いていたさやかが重なった。

〈なんでよ……なんであなたまで……ついこのあいだ、私の絵をリポストして、『ほかの誰にも絶対描けない唯一無二の湊くん』って言ってたじゃないっ……〉

2

空になった皿を下げに来たウェイトレスに、俺と橘は飲み物のお代わりを注文した。時刻は午後2時を回っていた。オフィス街にあるカフェにとって、おそらく一番暇な時間帯だ。

さやかが受けた「トレパク疑惑」の詳細について、橘がつまびらかに話してくれたので、俺もさやかが自殺するまでの経緯を打ち明けることにした。

「Xで『トレパク』がトレンド入りして、騒ぎが大きくなるにつれ、連中にとってトレパクが真実かどうかなんて、どうでもよくなっていったと思うんです。それよりも、どうすれば獲物を……さやかを地べたに這いずり回らせることができるか。どうすれば、より効果的にさやかのメンタルを破壊することができるか……奴らは飢えた犬が骨付き肉にむしゃぶりつくように、そのゲームに熱中していった。そのために、ありとあらゆるメッセージツールを使ってさやかを攻撃し、しまいには『家族もろとも公開処刑してやる』という脅迫文まで送りつけてきました。さやかが自殺したのは、それから半日後のことです」

さやかへのネットリンチが発覚してから、ずっと溜め込んでいた恨みつらみを吐き出すにつれ、俺の口調は熱を——いや、毒を帯びていった。たぶん今の俺は、能天気キャラの日下部とは似ても似つかぬ険しい顔をしているだろう。

その証拠に橘は怯えたような、圧倒されたような表情でうなずいた。

「そうだったんですね……奴らはさやちゃんだけでなく、ご家族にまで脅迫を……私も今まで、SNSでのいろいろなトラブルを見聞きしてきたけど、そこまで卑劣な攻撃は見たことがありません」

でも、と言いおいてから、橘は凛とした口調で言った。

「さやちゃん、私には『どんなにいじめられても、私、負けないから。私を信じてかばってくれたかえでさんのためにも』って言ってくれたんです。もちろん、無理をしているのはわかっていました。でも、先ほどもお話ししたように、私はさやちゃんと実際に会っていますし、彼女がとても聡明で芯の強い女性だと知っていました。亡くなる前日の朝のやりとりでも、『かえでさん、今日もお仕事がんばって！』ってメッセージを送ってくれたんです。それなのに、たった一通の脅迫文で自殺を選んでしまうなんて……私にはとても信じられません」

「……橘さんはご存じないと思いますが、さやかは母子家庭でした。離婚の原因は父親の暴力です。それも、母親ではなくさやかへの」

橘の顔が見る間に蒼白になった。俺と同じく、彼女も父親に手を上げられた経験はないのだろう。

「さやかの父親は、母親には日常的に暴力をふるっていました。母親は気丈な人で、自分が父親に殴られるのは我慢できた。でもある日、父親は幼いさやかにまで手を上げた。母親にとって、それだけは絶対に許せなかった。それで離婚を決めたそうです」

橘は力強くうなずいた。

「そうだったんですね。お母さん、さやちゃんを守るために決断したんですね」

「ええ。俺が思うに、たぶんさやかも同じだったんです。SNSでの誹謗中傷も、自分だけなら耐えられた。でもその脅迫文を見て、彼女の忍耐力は限界を超えてしまった。被害が俺や母親にまで及ぶことを恐れ、パニック状態になったさやかに、俺は言いました。こんな脅迫文なんてハッタリだし、ここまでやったら完全に犯罪だ、必ず相手を突きとめて訴えてやると。でも、あのときのさやかは、正常な判断ができないほど追い詰められていました。そして翌日の朝、自ら命を絶つ道を選んでしまったんです。自分が逃げるためではなく、俺や母親を守るために」

追加の飲み物を運んできたウェイトレスが、鼻をすすり、ハンカチで目を押さえている橘を気遣わしげに見やったあと、非難の目で俺を一瞥（いちべつ）した。おそらく、一方的な別れ話だとでも思われたのだろう。それならそれでいい。ひどい男と思われようが、店を出たらそれきりだ。

「白井さん、差し支えなければ、さやちゃんに送られた脅迫文を見せてもらえませんか？　さやちゃんが承認していた相手ですから、私も知っている同担かもしれません」

ウェイトレスが去ったあと、しばらく考えごとをするように沈黙していた橘が、そう申し出てくれた。

そうか、その手があったか。もちろん俺は了承し、ウェストポーチからさやかのスマホを取り出した。日下部推しで界隈にも精通している橘は、あの峰岸以上に頼もしい存在だった。

「ああ、やっぱり……この送り主、ユーザーネームを変えていますね。変えたのは脅迫文の送信後に間違いないでしょう。もちろん身バレを防止するためだと思います」

「そうですか……まあ、普通はそうしますよね……」

すぐにあきらめた俺に比べ、橘は粘り強（ねばづよ）かった。

「ええ。でも……ちょっと待ってください。念のためバロンのXを確認してみます。あいつ、さやちゃんへのトレパク疑惑に関しては、ほかの連中の書き込みもほとんど把握していて、それについても逐一呟いているので」

橘の勘は当たった。脅迫文が送られてきた日の真夜中、バロンのアカウントに次のポストが見つかった。


〈例のトレパク犯、まさかのインスタＤＭに撃沈？ｗｗ〉


……のやろう、と呻いた俺に、「本当に腐ってますよね」と橘はうなずいた。

「じゃあ、やはりバロンってことですか。さやかに脅迫文を送りつけたのは」

「そうですね……あくまで私の推測ですが、脅迫文の文面を考えたのはバロンだと思います。でも、バロンとさやかちゃんはお互いにフォロー関係ではなく、さやかちゃんのインスタでもバロンは承認されていないはずなので、バロンに抱き込まれたさやかちゃんの友人の誰かが送ったんだと思います」

そういうことか……たしかにあのとき、さやかは警戒せずにインスタのＤＭを開いてしまった。信じていた友人が自分を裏切り、バロンの手先になったことを知らずに――

「悔しいですよね、本当に……バロンをはじめ、湊くん推しの絵師たちがさやかちゃんの才能に嫉妬するのは理解できます。でもそれなら、今まで以上にたくさん絵を描いて、画力を磨いて、実力で勝てばいいんです。なのに、それができないからって、こんな卑怯な手段でさやちゃんを引きずり下ろそうとするなんて……」

「俺は絶対にこいつらを許しません。橘さん、これを見てもらえますか？」

俺は隣席に置いた鞄から1枚の書類を取り出し、自分のカップをどけてテーブルの真ん中に置いた。紙面を見た橘の目が、大きく見開かれた。

「白井さん、これは……」

「SNSでさやかを執拗に攻撃した奴らのリストです。橘さんもご存じでしょう」

さやかのものによく似た近視用の眼鏡をかけ、リストを上から順番に指でなぞっていた橘がうなずいた。

「ええ、もちろん。でも……筆頭がバロンで、全部で25人ですか。よくここまで調べましたね。さやちゃんへの誹謗中傷ポストを全部チェックしたんですよね？　友人の私ですら、見かけるたびに吐き気がしたくらいですから、旦那さんなら心臓が内出血するほどつらかったでしょう」

橘の優しさと絶妙な比喩(ひゆ)に、俺は感動しながら礼を言った。話が脇(わき)に逸(そ)れてしまうので、半分以上は峰岸に手伝ってもらったことは伏せておいた。

その後、彼女がリストをテーブルに戻したタイミングで切り出した。

「橘さん。かりに……もしかりに、こいつらを法廷の場に引きずり出せたとしても、死刑にすることはできない。死刑どころか、懲役刑や禁固刑だって無理です」

「そうですね。悔しいですけど……日本の刑事裁判は、加害者に優しいと言われていますから」

「でも、俺はあきらめません。法律が奴らを裁いてくれないなら、俺がこの手でさやかの無念を晴らします。でもそのためにはまず、現実の世界で奴らに接触する必要があるんです」

それが何を意味するのか、橘は即座に理解したようだ。眼鏡を外し、戸惑った表情で俺を見た。

一か八かの賭けだった。さやかのスマホで彼女にコンタクトをとったときと同じく——俺は、今度こそ橘が俺を警戒し、席を立って店を出て行ってしまうことも覚悟していた。

だが、ありがたいことに、彼女は今度も賭けにのってくれた。両手をそろえてテーブルに置き、真剣な目で俺を見た。

「わかりました、白井さん。私にもお手伝いさせてください。さやちゃんがSNSから姿を消して、すでに2か月あまり。こいつらはもうさやちゃんのことも、自分たちが彼女に何をしたかも忘れて、今日もせっせと湊くんの絵を描いたり、買ったグッズの自慢話をしている……それを思うと、私も怒りで気が狂いそうなんです」

「ぜひお願いします。でも橘さんには、俺がこいつらと接触するきっかけを作っていただくだけで十分です」

「……わかりました。であれば、年に数回、ビックサイトで行われる同人誌即売会が絶好のチャンスだと思います。ちょっと待ってください、いま調べてみますから」

橘はスマホを操作し、一度消したXのアカウントを別のユーザーネームで取り直した。俺は彼女の横の席に移動し、同じ方向からXを閲覧した。

「一番近いのは、ゴールデンウィークに開催されるイベントで、このリストに名前が載っている絵師のほとんどが参加表明をしています。残りの絵師も、当日は一般参加で行くと呟いてます。サークル参加者を○、一般参加者を△にして、リストにチェックを入れてみましょう」

橘は左手でスマホを操作しながら、右手のボールペンでリストにマークをつけていった。10分ほどで作業は終わり、全員に○または△がつけられた。

「やっぱりです。イベントには全員来ますね」

橘は微笑んで、ボールペンを胸ポケットに戻した。まるで時代劇の殺陣（たて）シーンで、襲いかかる敵を全員成敗した侍（さむらい）のようにカッコよかった。

「私、これまでに3回ほどサークル参加していますから、全員の顔を覚えています。一緒に写真を撮った人もいるので、それぞれのアカウント名を付記して、あとでＬＩＮＥで送ります」

「助かります。じゃあ、俺もイベントに一般で入場すれば、こいつらと接触できるってことですね」

「ええ、そうですね。でも……」

なぜか橘は言い淀み、俺の顔をまじまじと見た。俺が首を傾げると、彼女はぱっと目を逸らし、左胸を押さえて咳払いをした。

「あ、あの、白井さん……一般ではなく、私と一緒にサークル参加しませんか？」

「え、サークル参加……ですか？　でも俺、さやかとちがって、絵のほうはからきしですよ。本を出すどころか、まともなイラスト1枚描けるかどうか……」

困り果てて頭をかくと、橘はくすくす笑って言った。

「絵なんて描かなくて大丈夫です。白井さん自身が作品なんですから」

3

「なるほど……それで佑真くんは、永遠の恋のライバルである日下部湊のコスプレをする羽目になったと。まさに瓢箪から駒ね」

俺の頭にライトブラウンのウィッグをつけながら、香さんがしみじみと言った。冗談なのか本気なのかわからないが、たしかに日下部は俺にとって、永遠の恋のライバルかもしれない。

それはそうと、日下部のヘアスタイルが「ボーイフレンドショート」なるものだということを、香さんに説明されて初めて知った。名前とは裏腹に、知的でさわやかに見えるという理由で、男女問わず人気の高い髪型らしい。峰岸いわく、日下部は中性的な美貌で人気だったというから、髪型ひとつとっても見事に計算されたキャラというべきだろう。

生まれて初めて頭にかぶせたウィッグは、少しだけこめかみに締めつけ感があるものの、しっくりと地肌になじんで、思いのほかつけ心地が良かった。これならイベント開始から終了まで、違和感や頭痛がする心配もなさそうだった。

「ええ、そうなんですお義母さん。でもコスプレって言われても、いったい何をどうすればいいか、ぜんぜんわからなくて……なので、ご多忙のなか申しわけないと思いつつ、お義母さんに助けを求めたしだいでして」

東京駅近くのカフェで、初めて橘と会った日の夜、俺が電話で泣きつくと、香さんはすぐに専門の業者から日下部湊風のウィッグを取り寄せてくれた。

「湊くんのコスプレと言えば、鉄板(てっぱん)はコレです！」と橘に指定されたパティシエ風の衣装も、知り合いが経営するアパレル会社に頼んで、たった2日で用意してくれた。

そして今日俺は、香さんが仕事場として賃貸している平屋の一戸建てにお邪魔している。中央線三鷹駅から歩いて15分ほどの場所で、けっして交通の便がいいとは言えないが、美容師としての香さんの腕前に惚れ込んでいる客たちで、予約はつねにいっぱいだという。

平屋の周囲にはのどかな田園風景が広がり、家の周囲も生い茂る樹木や草花に包まれていて、まさに隠れ家という表現がしっくりくる。

　家の中は隅々まできれいにリフォームされていて、とても築40年の物件とは思えない。居間を仕切るカーテンの向こうにはシャンプー台もあり、カットやパーマはもちろん、着物の着付けやメイクまで、この空間ですべてこなせるという。さやかは学生の頃から、ここによく髪を切りに来ていたそうだが、俺は今日が初めてだった。

「しっかし、あたしも30年美容師やってるけど、コスプレの手伝いは今回が初めてよ。ま、佑真くんはもともとが日下部湊にそっくりだから、そんなにやることもなさそうだけど」

　香さんは両手を忙しく動かしながら、俺の顔とスタンドに立てたスマホを交互に見比べている。画面に映っているのは、アニメ版「プティガト」の公式ＨＰに載っている日下部湊のアップ絵だ。これで、さやか、峰岸、橘、そして香さんと、４人もの女性に「日下部そっくりさん」認定されたわけだ。

　しかしいくらそっくりでも、アニメ画と実在の人間では、髪や肌の色がぜんぜんちがう。生身の人間である俺を日下部に近づけるには、容姿以上に色味の調整が肝要（かんよう）だと思った。

「よし、まあこんなもんでしょ」

　メイク道具を置いた香さんが、３歩下がって品定めするようにじろじろと俺を見た。

　俺も手鏡を借りて仕上がりを確認したが、「えっ、これが俺!?」というほどの変身はしていない。

４人の女性に言われたように、俺が日下部にそっくりなら、むしろ変身しては困るのだ。でも、アニメっぽくはなった気がする。

「メイクはホントに最低限のことしかしてないよ。毛穴隠し用のパウダーをはたいて、目力アップのためにアイライナーを引いて。あとは顔全体に立体感を出すために、ハイライトとシェーディングを入れたの。それだけ。それだけ」

それだけでも、俺には香さんが何を使って何をしたのか、さっぱりわからなかった。これは由々（ゆゆ）しき事態だ。

「あの、お義母さん」

「ん、なに？」

「えーとですね、橘さん情報によると、イベント当日、コスプレ参加者は館内の更衣室で着替えなきゃならないそうです。更衣室はもちろん男女別です。なので申しわけありませんが、俺が当日一人で準備できるよう、メイクの仕方やウィッグの付け方を紙に書いてもらえませんか？　できればイラスト入りで」

「えー、そんなの、あたしが男装すればいい話じゃない。でしょ？」

「あっ、そっか」

　ぽん、と手を打った俺に、香さんは笑いながら釘を刺した。

「あたしが女だってバレないように、当日は『お義母さん』じゃなくて『先生』って呼びなさいよ」

4

その晩自宅に帰ってから、パティシエ服を着た俺のコスプレ写真をＬＩＮＥで橘に送ってみると、電工石火で返信が来た。

〈カッコいい！　まさに湊くんです！　こちらの写真をＸにアップしてもよろしいですか？　反響の大波が押し寄せると思います〉

〈Ｘにですか？　いや、それはちょっと怖いな……〉

〈お気持ちはわかります。でも、まったくの無名でイベントに参加するより、事前にある程度白井さんの存在を知られていたほうが、当日もスムーズに事が運ぶと思います〉

〈そういうものなんですか。わかりました。橘さんにお任せします〉

橘の言葉どおり、俺のコスプレ写真にはあっという間に数千もの「いいね」がついた。

さらにコメント欄には

〈だ、だだだだだれこれっ！〉

〈みみみみ湊ぉぉぉっ！〉

〈スキスキスキ！〉

〈やばっ、心臓もたな……〉

〈うっ、上と下の口からヨダレがっ〉

などの奇声や妄言（橘に言わせると賞賛）が溢れ返った。

一人きりの部屋でカップラーメンをすすりながら、それらの反響をひとごとのように眺めた。

俺にはもちろんわかっていた。賞賛されているのはあくまで日下部湊で、俺は奴のコピーにすぎないことを。日下部抜きで俺を愛してくれたのは、さやかだけだということも。

ラーメンを食べ終わると、橘にならってそれらのコメントと「公開処刑リスト」を突き合わせた。コメントをした奴の名に※マークをつけてみると、25人中23人にマークがついた。さらに確認すると、その全員が俺の写真に「いいね」と「ブクマ」を付けており、一番最初にコメントしたのはバロンだった。

〈かっこよ！　イベントで会ったら絶対失神するｗｗ〉

「失神？　死ねよクソアマ」

毒を吐いてXを閉じ、すぐにアルバムを呼び出した。最近では、やもめ暮らしの孤独感に襲われたり、気分がふさぎ込んだりしたとき、在りし日のさやかの写真を眺めて自分を慰めることにしていた。

何度もスワイプして行きついたのは、付き合い始めて間もない頃の写真だった。眩しいほどの笑顔のさやかと、仏頂面をした俺が、腕を組んで写っていた。

場違いな自分の表情を見て、その理由をすぐに思い出した。それがあまりにも情けない理由で、今すぐタイムマシンに乗って当時の自分の尻を蹴飛ばしにいきたいくらいだった。

でもじつは、さやかにスマホで写真を撮ろうと言われたとき、最初は俺も笑顔だった。ところがセルフタイマーのカウントダウンの最中、さやかがいきなり腕を組んできたのだ。おとなしめの優等生タイプと思っていた彼女の、思いがけず大胆な行動にどぎまぎして、俺は色も笑顔も失った。

そのうえ、俺の右肘がさやかの胸の谷間にすっぽり挟まってしまった。それがあまりにも気持ちよくて……でも、デレッとした顔で写りたくなくて、とっさにこんな表情になったのだ。

「ごめんなさい、白井さん。お付き合いして間もないのに腕なんか組んで、図々しかったですよね……」

撮影のあと、スマホで写真を確認したさやかに頭を下げられた。

謝られるとは思ってもみなかったので、内心おおいに慌てた。でもまさか、「ちがうんだ、君の胸が気持ちよすぎたから」なんて言えるわけがない。気持ち悪い男とドン引きされ、交際も今日限りになってしまうかもしれない。

それでとっさに、顔の前で手を振りながら「いや、気にしなくていいよ」などと返してしまった。カッコつけるにもほどがある。さいわい、さやかはほっとした顔で笑ってくれたけれど。

「ごめんね、さやか。あのとき、本当はすごく嬉しかったんだ」

10年目の告白のあと、泣きながらさやかの遺影に頭を下げた。クリーム色の額縁（がくぶち）の中で、さやかは静かに微笑んでいた。

第5章　白とkuro

1

5月4日、イベント当日の午前9時。

俺と香さんは、ビックサイトの最寄り駅である国際展示場駅に着き、改札の外で待っていた橘と合流した。香さんと橘は初対面だったが、俺を介してLINE交換もしていたので、まるで叔母と姪のように打ち解けた雰囲気だった。

サークル参加は、チケット1枚につき3人まで参加が認められるので、今日は香さんにも販売を手伝ってもらうことになっていた。

「手伝うのはいいんだけど、こんなイベントにあたしみたいなおばさんがいていいのかしら？」

「ぜんぜん大丈夫です。最近は参加者の平均年齢も上がっていて、40代や50代の人も珍しくないんですよ」

「そうなんだ。どこの世界も高齢化が進んでるのね」

2人の会話を聞きながら、俺は周りを見回してみた。駅からビックサイトに向けて歩く女性の大群の中には、香さんや俺の母親くらいの年嵩の女性も少なくないのか。これはちょっと、いや、かなり驚きの事実だった。

でも考えてみれば、男性アイドルにしても俳優にしても、写真集を出すほど人気のフィギュアスケーターだって、いまや若い世代より金銭的に余裕のある中高年のファンに支えられているといっても過言じゃない。それはアニメやゲームの世界だって同じことで、もしこの人たちがいっせいに推し活をやめたりしたら、業界の、ひいては日本の経済的損失は計り知れないだろう。

そんなことを考えているうちに、ビックサイトに到着した。「私は先に会場に入って、スペースの設営をしておきます」と言う橘と途中で別れ、香さんと俺は男子更衣室に入った。

香さんの男装がバレないかどうか心配したが、結論から言えばまったくの杞憂に終わった。

それより問題だったのは、更衣室が着替えやメイクをする男たちで、ものすごく混みあっていたことだ。世の中にこんなにおおぜいの男性コスプレイヤーがいることに、俺も香さんも驚嘆しないわけにいかなかった。

「す、すごいですね……男のレイヤーなんて俺くらいしかいないんじゃないかと不安がっていたのが、逆に恥ずかしいくらいです」

「そうね……昔は沢田研二が化粧しただけで騒がれたのに、日本も変わったもんだわ。とにかくちゃっちゃと終わらせましょ。こんなところに長居は無用よ」

いつもは一軒家でゆったりと仕事をしている香さんは、この芋洗い状態に早くも辟易(へきえき)したようだ。手際よく5分足らずでメイクを済ませ、早々に更衣室を出た。

南館4階の会場に入り、橘の待つサークルスペースに向かった。

橘から「同人誌即売会は、女オタクたちの夢の祭典です」と聞いていたので、ディズニーランドのシンデレラ城のようにエレガントで乙女チックな会場を想像していたのだが、実際はまるで巨大な倉庫のように殺風景だった。まあ、考えてみれば当然だ。ビックサイトはなにも同人誌即売会のために建てられた施設ではないのだから。

広大な会場には、ふつうの会社にあるような会議机やパイプ椅子がいくつも並んでいる。橘の話では、1つのサークルに与えられたスペースは机の半分しかないので、販売する本やキーホルダーなどのグッズの種類が多い場合は、乱雑で見苦しくならないよう、設営にそれなりの工夫が必要だという。

俺の視界から見えるかぎりでは、スペースの設営作業をしているのはほぼ全員が女性だった。これも予想とちがって、にこやかにお喋りしている人は少なく、みな真剣な顔で机に布をかけたり、段ボールから出した本を並べている。スマホの操作だけですべてが完結してしまうエアイベントとちがって、リアルイベントの準備は相当な労力と気合が必要なようだ。

サークルスペース一帯には、ところどころに大きなポスターが掲げられている。ポスターのほとんどはフルカラーで描かれた男性キャラで、どれもプロ顔負けの完成度だった。

なかには、半裸の男同士が抱き合う、ちょっと正視できないようなイラストもあった。俺は本能的に見ないふりをしたが、香さんはわざわざ近寄っていってまじまじと見つめ、「あたし、ボーイズラブに偏見もってたけど、これだけイケメン同士なら許せるかも」とはしゃいだ声を上げた。

「橘さんが待ってますよ。早く行きましょう」

俺が腕を引っぱると、香さんはしぶしぶその場を離れた。俺に「イベント中は『先生』と呼べ」と釘を刺したくせに、さっそく「あたし」とか言っちゃってるし。

まだ一般参加の入場前だというのに、会場はすでに異様な熱気に包まれていた。さっきの半裸ポスターと同じく、好きな人にはたまらないだろうが、俺にはどうも肌に合わなかった。

「『こ』の24、『こ』の24……あ、あそこですね」

やっとテーブルの番号札が見つかった。橘もこちらに気づき、「ここです ここです!」と手招きしてくれた。

俺たちのスペースは「誕生日席」といって、複数のサークルが集まった「島(しま)」と呼ばれるエリアの端っこに位置し、それなりに売れるサークルが配置されることが多いという。

「やっぱり、Xでの宣伝効果は絶大でしたね。『kuroさんはまだですか?』って、周りのサークルさんたちがひっきりなしに来るんですよ」

kuroというのは「日下部湊界隈」における俺のコードネームだ。

イベントへの参加に先立ち、「白井さん、適当なニックネームを考えてください。本名でイベントに出たらまずいでしょう？」と橘にあたりまえのアドバイスをされ、悩んだ末に高校時代に好きだったバンドのギタリストから拝借させてもらった。

テーブルに自分の小説を並べながら、橘は吐き捨てるように言った。

「あの人たち、私のことは絶対裏でボロクソ言ってるでしょうけど、相方が『推し』そっくりのイケメンさんとなると話は別なんでしょうね。興奮したあいつらの鼻息で、値札が吹き飛びそうでしたよ」

あ、そうか……その言葉で俺はやっと気がついた。そして、鈍すぎる自分を蹴りたくなった。

橘はさやかの友人で、最後まで彼女をかばってくれた唯一の味方だ。ゲスどもの集団リンチでさやかが壊れてしまったあとも、橘はずっとさやかの弁護をしてくれていた。そんな経緯のあとにイベントに出れば、またゲスどもに悪く言われるに決まっている。

それなのに、橘はそんなことは一言も言わず、ゲスどもに接触したいという俺の希望を叶えるため、自分と一緒にサークル参加することを勧めてくれた。周りが敵だらけという状態で、はるばる札幌から飛行機に乗ってここに来るまでに、どれほどの勇気と覚悟が必要だっただろう。

俺は周囲に気取られぬよう、心の中で橘に手を合わせ、礼を言った。

それから、3人で手分けをして設営を完了した。テーブルの真ん中の一番目立つところに、日下部にコスプレした俺のポストカード3種セットを並べた。

芸能人でもないのに、自分の写真入りポストカードを作り、それを見ず知らずの女に売るなんて……と難色を示した俺に、橘はLINE電話で容赦なく勧告してきた。

「あのですね、白井さん。サークル参加の告知だけして、当日何も販売しないのはタブー、下手したら炎上案件です。それになにも、写真集を出せと言ってるわけじゃないんですから」

それでも煮え切らない俺に業を煮やした橘が、出張で上京した際に、レイヤー御用達の撮影所に俺を引っぱっていった。撮影後、すぐに印刷所に写真を入稿し、一週間後に完成したポストカードが俺の自宅に送られてきた。

「いいわねぇ、このポスカ」

「ですよね！　瞬殺で文句言われても困るから、ちょっと強気に300セット刷っちゃいました」

見本のカードを見ながらはしゃぐ2人の横で、「こんなのが売れるんだったら、世の営業マンは苦労しないよ」と暗い目で呟いた。

最後に橘が、テーブルの右端にアクリル製のスタンドを置き、目を閉じて手を合わせた。首を傾げつつ覗き込むと、スタンドには小さな色紙が挟まれていた。ひと目でさやかが描いたものとわかる日下部のイラストに、「きつつきさんへ　愛を込めて♡　saya」とメッセージが添えられていた。

「さやちゃんと一度だけランチをしたときに、即興で描いてもらったんです。私の一生の宝物です。今日のイベントも、ホントはさやちゃんと出たかったな……」

ハンカチで目頭を押さえる橘に、かすかな嫉妬と羨望を抱きながらも、彼女の横で俺も黙とうを捧げた。

10時30分になった。開場のアナウンスが流れ、サークル参加者からイベント開催を祝う拍手がわき起こった。

アナウンスと同時に、周りの女たちが我先にと俺のスペースに押し寄せ、あっという間に長蛇の列ができた。そこに一般の客も加わって列はさらに長く延び、背伸びをしても最後尾が見えないほどになった。

「予想以上の人気ですね。周りのサークルからクレームが来ちゃうかも……香さん、申しわけありませんが、隣のスペース前にはみ出さないよう、並んでる人たちに注意喚起をお願いできますか？」

「あいよ！」

橘の頼みに応え、香さんが威勢よく飛び出していった。ポストカードや小説の販売は、橘が手際よくさばいていった。

俺には俺の仕事があった。それこそが今日ここに来た目的だ。コスプレやポスカの販売は、そのための布石にすぎなかった。

テーブルの左端に置いたカードを指さし、8年間の会社経験で培（つちか）った営業スマイルを振りまきながら、ポストカードを買い終わった客一人ひとりに声をかけた。

「こちらに僕のＬＩＮＥのＱＲコードが載っています。よろしければ、お友だちになってくれませんか？」

目の色を変えてカードに手を伸ばす女たちが、俺には餌（えさ）の入った捕獲網の中に突進する魚に見えた。

2

イベント撤収（てっしゅう）後、国際展示場駅にほど近いレストランに入った。時刻は午後2時を過ぎていた。

イベント中は水分補給しかしなかったので、３人ともお腹がペコペコだった。

「あー、疲れた疲れた。たかだかポストカードを売るのに、こんなにくたびれるとは思わなかったわ」

冷水を一気飲みしたあと、片手で肩を揉む香さんに、橘が笑ってうなずいた。

「開場から完売まで、ずっと列が途切れなかったですからね。300セットでも足りないなんて、イベント初参加で大快挙ですよ、白井さん。今日参加したコスプレイヤーの中では、間違いなくトップだと思います」

「はあ、そうですか……」

気のない返事を聞いて、橘がコホンと咳払いをした。今回のイベント参加の目的はポスカ完売ではないことを思い出してくれたようだ。

それぞれの料理が運ばれてきた。3人ともお腹が空きすぎていたので、食欲のままに黙々と食べた。

食後のドリンクを飲みながら、次の作戦に向けた会議が始まった。橘は今夜は都内のホテルに泊まり、明日は友人と観光をしたあと夕方の便で東京を発つが、札幌に帰ってもできるだけのことをすると約束してくれた。

まずは、俺の「kuro」名義のLINEに、新たに「友だち登録」されたメンバーをチェックした。数えてみると、100人を超えていた。この中に、Xやイラスタからさやかに誹謗中傷メールを送った奴が全員含まれているはずだ。

「たった3時間半で100人以上の女子とLINE交換か……すごいわねぇ、佑真くん。ダンナがこんなにモテるんじゃ、さやかも気が気じゃなかったでしょうね」

「人聞きの悪いこと言わないでくださいよ。『白井佑真』の俺はぜんぜんモテないし、一生さやかひと筋ですから」

むきになって言い返すと、なぜか香さんが悲しげに微笑んだ。

「それにしても白井さん。目の前に憎きバロンが現れたのに、よく平常心を保てましたね。私なんて、あいつが白井さんに自己紹介するのを聞いたとき、思わず自分の本の角であいつの後頭部をぶん殴るところでしたよ」

「あらまあ、かえでちゃんたら。見た目によらず武闘派なのねぇ」

香さんに茶々を入れられ、橘と俺は苦笑した。

「でも、ほんと？ バロンが来てたの？ たしか、さやかを一番いじめた奴でしょ？」

「ええ、そうです。イベントが始まって、一番最初にうちのスペースに来たのがバロンでした」

橘の言うとおり、バロンは先日Xに投稿したコスプレ写真へのコメントと同じく、いの一番にポスカを買いに来た。

売り子の橘とバロンはリアルで会ったことがなく、互いの顔を知らなかったので、その時点では橘は、その口開けの客がバロンだと気づかなかった。

ポスカ購入後、バロンはすかさず俺のそばに寄って来た。そして俺から挨拶するのも待たず、

「サークル『甘辛堂』のバロンですぅ〜、今日はkuroさんに会うためだけにここに来ましたぁ

〜」と、寒気と吐き気をもよおすような甘ったるい声で媚びを売ってきたのだ。

「もちろん俺だって、あのときは全身に殺意が充満しましたよ。でも、実行するのは今日じゃない。今日うまくやれば、あいつを仕留めるチャンスは必ず巡ってくる――今朝、さやかの遺影を見つめながら肝に銘じたことを思い出し、日下部レイヤーのkuroに徹しました」

「えらいえらい」

香さんが頭をなでてくれた。「あの頼りなかった佑真くんが、こんなに立派になって……」

「お義母さん、さすがに言い方ってものが……」

「さあそれじゃ、LINEに登録された連絡先から、復讐のターゲットを抜き出してみましょうか」

橘の一言で、俺も香さんも表情が引き締まった。

橘は眼鏡をかけ、俺のスマホ画面を見ながら、友だち登録された名前と電話番号を「公開処刑リスト」に書き込んでいった。

「登録された名前のうち、本名が半分、残りはペンネームですね。でも、全員の電話番号は掴んだ。これは大きいですよ。電話番号から身元を突きとめられますから」

眉間に皺を寄せて首をかしげていた香さんが、ふいに俺の顔を覗き込んできた。

「ねえ佑真くん。あなたひょっとして、この子たち一人ひとりに電話をかけて、デートに誘って、そこで……ヤるの?」

「ヤるって……お義母さん、どっちの意味で言ってます？」

「もちろん、気持ちいいほうじゃなくて、痛くて怖いほう」

「……そうしたいのは山々だけど、暗殺のプロでもない俺には難しいと思います。一人目で足がついて捕まっちゃいますよ」

しばらくして、香さんがうなずいた。

香さんがズズッと音を立て、ストローでコーラを吸った。俺と橘はホットコーヒーを飲んだ。

「たしかにそうだね。じゃあ、暗殺のプロに頼むの？」

「いえ。それはさすがに破産しますし、人によって罪状もちがいます。ヤるのはさやかの自殺の原因をつくったバロンです。ほかの奴らは『社会的抹殺』に留めることにしました」

「社会的抹殺？　それって、具体的に何をするの？」

その先の説明は橘が引き受けてくれた。この案を提案してくれたのも彼女だった。

橘の説明を聞き終えた香さんが、複雑な表情で腕組みをした。

「……なるほど。それはたしかに『社会的抹殺』だわ。でも、果たしてうまくいくかしら？　だって現時点では、この人たちの住所もわからないわけでしょう？」

「はい。住所を知るためには、興信所への依頼が必要になります。電話番号はわかっているし、住所を知りたい理由として『家族を自殺に追いつめた人たちに対して法的措置をとりたい』と話せば、引き受けてもらえると思います」

「なるほど……ちなみに、興信所の依頼料って、いくらぐらいかかるのかしら？」

「全部で25人分として、おそらく300万円前後かと。その点は、白井さんにも確認いただいてます」

橘と俺は目を合わせてうなずいた。香さんは思案顔で黙り込んでいたが、やがて大きくうなずいた。

「300万ね……オッケー。そのお金、あたしが出すわ」

「そんな、いいですよお義母さん。さやかの復讐だって俺が言い始めたことですし、お義母さんにはコスプレを手伝っていただけただけで十分です」

「いいのよ。初孫のために貯めておいたお金だから……もう使い道がなくなったから、せめて、さやかの無念を晴らすために使わせてよ」

「お義母さん……」

香さんへの二重の申しわけなさで胸が詰まった。最愛の娘を守りきれなかったことと、初孫を抱かせてあげられなかったことだ。橘はハンカチを目に押し当て、声を殺して泣いていた。

「ごめん、湿っぽくしちゃったね。さ、作戦会議の続きをしようか」

香さんに促され、泣きやんだ橘が補足の説明を始めた。

老眼鏡をかけてリストを見ていた香さんが、ちょんちょん、と俺の肩をつついてきた。

「ねえ佑真くん。私の記憶がたしかなら、このmikaって人、Xとかに一回もさやかの悪口を書き込んでなかったよね？　佑真くんが転送してくれたスクショに、この人のは一個もなかった気がするもの」

不意を突く指摘に、俺と橘は顔を見合わせた。

mikaはバロンのでっち上げによって、さやかからの「トレパク被害者」とされた絵師だ。同僚の峰岸の話では、バロンをはじめ、SNSでさやかを攻撃した奴らはもれなくmikaの信者ということだった。それで俺は、mika本人も当然さやかの悪口を書き込んでいると思い込み、真っ先にリストに入れたのだ。

すぐにスマホを開き、香さんに送ったスクショをすべて確認してみた。結果は、香さんの指摘どおりたった。

「たしかに……さやかへの誹謗中傷の中にmikaのポストはありませんね……」

「でしょ？　何もしていない人に復讐っていうのもどうかと思うし、さやかがかけられたトレパク疑惑も、mikaさんの取り巻きたちが勝手にでっち上げたものだとしたら、彼女は標的から外すべきじゃない？」

俺は腕組みをして考え込んだ。本当にそんなことをしていいのか……容易には判断がつきかねた。

だが、香さんの言うことは理にかなっている。それに、さっきイベントで会ったｍｉｋａの印象は、けっして悪いものではなかった。

ｍｉｋａが俺のスペースにやって来たのは、開場から2時間ほどがたち、客足が少し落ち着いたころだった。俺はもちろんのこと、橘も彼女とは面識がなかったので、2人の間で交わされたのは売り子と客のやりとりだけだったという。

ポスカを購入したｍｉｋａは、すかさずスマホを取り出して、ＬＩＮＥ登録のＱＲコードを読みとった。

それから、萎縮と興奮の混ざった顔で俺に近づき、大きく深呼吸をしてから言った。

「あ、あ、あの……せ、先日、Ｘで、ｋｕｒｏさんのお写真をお見かけして……ほ、ほんとに湊くんそっくりで、び、びっくりして……お、お会いできて、光栄です……」

俺は、イベント開始からずっと顔に貼り付けている営業スマイルで「ありがとうございます、こちらこそ光栄です」と礼を言った。

ｍｉｋａの後ろには次の客が来ていたので、「あ、じゃあこれで……これからも応援してます」と言って彼女は立ち去ろうとした。

そのとき、後ろの客が彼女の顔を見て大声を上げた。

「きゃあっ、mikaさんですよね？　私、大ファンなんです！　さっきスペースに伺ったんですけど、新刊が完売しててがっかりでした〜っ！」

　雷に打たれたような衝撃だった。この女がmika——つまりさやかは、この女の絵をパクったことにされたのか……

　後ろの女のおかげで身バレしてしまったmikaは、周囲から集まってきた日下部推しの女たちに取り囲まれる羽目になった。

「すみません、ちょっと通して」

　俺が声をかけると、女たちは「きゃっ！」と叫んで飛びのいた。そのままmikaに近づき、震える声で尋ねた。

「あなたが……mikaさんですか？　日下部・桐生界隈で、最大手の絵師さんっていう……」

「あ、い、いえ……最大手だなんて、ぜんぜん、そんなことないんですけど……た、ただ、湊くんが好きで好きで……界隈の日陰でひっそりと、彼の絵を、描かせていただいてます……」

　真正面から見据える俺の視線に耐えかね、顔を赤くしたmikaの声はいまにも消え入りそうだった。その言葉が終わらぬうちに、取り巻きたちは口々に「やだぁ、mikaさんたら謙遜しすぎです！」「mikaさんは湊くんのナンバーワン絵師様ですよ！」などと褒めそやした。

「謙虚な人でしたよね、mikaさん。あれくらいの大手になると、イベントでも『私がこの界隈の顔よ』って傲慢オーラを放つ人も多いんですけど、そういうのがまったくなかったし、売り子の私に対してもすごく礼儀正しく接してくれたので、てっきり一般参加の人だと思ったくらいです」

橘が感嘆のため息をついた。それはまさに俺が抱いていたm・i・kaの印象だった。

「そうですね……あの様子だと、m・i・kaは本当にさやかへの誹謗中傷に関与していないかもしれません。じゃあ、橘さん。とりあえず、m・i・kaは復讐のターゲットから外してください」

「わかりました。でも変ですね……m・i・ka本人がトレパクされたと言ったわけでもなく、その後もずっと沈黙していたのに、なぜ彼女の信者たちは、あれほど執拗にさやちゃんを攻撃してきたんでしょう……」

3

それからひと月後の6月中旬。

バロンをのぞく「公開処刑リスト」の標的23人は、まるで申し合わせたように次々とXのアカウントを消した。

彼女らの最後の呟きは、〈一身上の都合により、本日をもってこちらのアカウントを消すことにしました〉や〈さようなら。いままでお世話になりました〉などの類で、無言で消えた者も数名いた。

彼女たちの垢（アカウント）消しは、橘が仕掛けた「社会的抹殺作戦」の成功を意味していた。

橘が提案・実行してくれた「社会的抹殺」とは、端的に言うと、「標的たちの自宅や職場に、奴らが描いたエロ漫画を送りつける」というものだ。

最初に電話でその作戦を聞いたときは「エ、エ、エ、エロ漫画っ!?」とオクテな男子中学生のような反応をしてしまい、橘に思いきり笑われた。

「それくらいで取り乱さないでくださいよ白井さん。あなた、本当に既婚者なんですか？」

「い、いや、だって……復讐にエロ漫画って……あまりにも突飛な発想じゃないですか。彼女たちのプライバシーにもかかわる問題ですし……」

「たしかに、きわめて奇抜で低俗で下劣な方法にはちがいありません。ですが、いわれのない冤罪で自殺したさやちゃんの復讐を果たすには、こちらも手段は選んでいられません。ちがいますか？」

「は、はあ……仰（おっしゃ）るとおりです……」

俺は尻尾を巻いてうなずいた。俺と同い年にして、大手電機メーカーの営業部長を務める橘の機転と舌鋒の鋭さは、俺なんかには足元にも及ばないのだ。

けれどその後、「社会的抹殺作戦」について橘に説明を聞くうちに、その緻密さと合理性に舌を巻いた。すべて聞き終わったときは、「これしかない」と思うまでになった。

この作戦が成功すれば、興信所に支払う300万円前後の金銭的負担だけで、奴らのメンタルや家族との信頼関係、および社会的地位を破壊することができる。橘がこの作戦を「社会的抹殺」と名づけた理由もそこにあり、裁判に勝訴してなけなしの賠償金をもらうより、はるかに胸のすく方法だった。

作戦の実行前に橘は、標的の全員が日下部湊のエロ漫画本を刊行し、それをイベントや通販で販売していることを調べ上げ、それぞれ1冊ずつ購入した。

「せっかくですから、発送する前に白井さんも彼女たちの漫画を見てみますか？」

俺は断固として拒否した。なにが悲しくて、自分そっくりの男キャラが夢中で腰を振ってる漫画を読まなくてはならないのだ。

「まあまあ、そう言わず。なかには湊くんがされてるほうの漫画もあるんですよ」と言い添えた声には、俺をわざと怒らせて楽しんでいる匂いがした。

結局、橘発案の「社会的抹殺作戦」において、俺は何もすることがなかった。6月中旬に橘から連絡を受け、Xで標的の全員がアカウントを消したことを確認しただけだ。

その翌週の日曜日に、橘が俺のマンションにやってきた。今回は出張ではなく、さやかの弔問と、俺への事後報告のために、わざわざ上京してくれたのだ。

リビングに入ってすぐ、橘は「さやちゃん！」と叫んで泣き崩れてしまった。故人として祭壇に祀（まつ）られているさやかを見て、ようやく親友の死を実感として理解したのだろう。

俺はあえて彼女を一人にし、キッチンに入って昼食の仕上げにとりかかった。

料理はイベントが終わった先月半ばごろから再開していた。香さんとは相変わらず毎晩一緒に夕食を食べていたが、レトルト食品やスーパーの総菜にもいい加減飽きてきた。会社を辞めてから時間をもてあまし、料理くらいしかすることがないという理由もあった。

リビングに昼食を運んでいくと、橘はハンカチで目を押さえながら、「取り乱してごめんなさい」と頭を下げた。俺は微笑んで首を振った。

「いえ、むしろお礼を言いたいくらいです。身内以外でさやかの死をこんなに悲しんでくれるのは、たぶんあなただけですから」

俺が作ったスパゲッティカルボナーラを、橘はさかんに褒めてくれた。「ベーコンをよく炒めることと、卵黄と生クリームの配合がコツです」と言うと、料理の写真とともに俺の説明を一字も漏らさずメモアプリに記録した。

食後のコーヒーを飲みながら、橘が「社会的抹殺作戦」の顛末（てんまつ）を話しはじめた。今度は俺がメモアプリを開く番だった。

「まず、漫画を入れた封筒が本人の手にわたってしまうと作戦は失敗なので、宛先は本人以外の人間にしました。興信所に追加の料金を支払い、同居人や上司の名前を調べてもらったんです。それでも予算内におさまったので、その点は安心してください」

俺はうなずいた。橘が興信所に支払った費用の領収書は、すべて香さんに送付され、俺も内訳を確認している。

「興信所の調べによると、標的の全員が職場を退職したそうです。既婚者のうち、家族に隠れて二次創作をしていた3名が離婚。独身者のうち4名が実家から出て、一人暮らしを始めています。こちらはいずれも30代40代でパラサイトしていたようなので、自立の後押しになったんじゃないでしょうか」

マーカーを引いたリストの名前を指でなぞりながら、橘はにやりと笑った。俺は苦笑してうなずいた。

「それにしても、標的の全員が退職ですか……お見事ですね。勝算はあったんですか？」

「ええ。勤め先の上司に自作のエロ漫画を——それも、表紙に自分の顔写真が貼付された漫画を突きつけられて、とっさにしらばっくれられるほど、神経の太い人間はなかなかいませんから」

「え……漫画だけじゃなく、顔写真まで付けたんですか？　そ、それは確かに、破壊力倍増ですね」

「でしょう？　この方法は絶対に効果があると思いました。だって漫画だけなら『私、こんなの描いてません』って言えるじゃないですか。でも、ペンネームとちがって自分の写真はごまかしようがないし、本名での署名捺印みたいなものですから。私も、もし自分がこんなことをされたら絶対に嫌ですね」

「な、なるほど……子どもの頃、『自分がされて嫌なことは人にするな』って親や先生に言われましたけど、橘さんの作戦は、まさにその逆をいったわけですね」

そういうことです、とうなずいた橘は、誇らしい笑みを浮かべていた。

顔写真の入手方法について尋ねると、「標的のうちの何人かとは、イベント後に誘い合ってご飯を食べるほど仲が良かった時代もあったので、そのときに撮った写真を使いました。それ以外の人の分は、興信所に入手を依頼しました」と答えた。

「ちなみに、顔写真はそのまま使ったわけじゃありません。Xのプロフィール画面として合成処理したものをプリントアウトして、適当な大きさに切り取って添付しました。画像はこんな感じです」

橘が差し出したスマホ画面には、巧妙に偽造したプロフィールが映っていた。画像は標的の人数と同じく23枚あり、そのすべてに共通しているのは、アイコンが本人の顔写真であることと、自己紹介文に勤務先の会社名が実名で入っていることだ。

「えっ……橘さん、これは……」

「ええ、もうおわかりですよね。標的の上司たちにとって、この顔写真付きプロフィール画像は、目玉が飛び出るほどショックだったと思います。自分の部下がSNS上で、社名を曝しながら卑猥な漫画を公表しているなんて、そんなことがもし取引先や株主などの利害関係者や自分の上司に知られたら、会社の事業活動に影響が出るだけでなく、自分自身の立場も危なくなっちゃいますから」

「そうですよね……取引先に見られたら、『おたくはいったいどういう社員教育をしてるんですか！』とか、『こんな非常識な社員のいる会社とは取引を続けられない』とか、クレームを入れられてもおかしくないですよね。上役だったら『きみ、部下の教育がなっとらんようだから、次年度は降格確定ね』とか」

　橘は肩を揺すって笑いながらうなずいた。

「ただ、その上司たちの全員が騙されてくれるかどうか、その点は最後まで不安でした。業種や職種によっては、ネット上の偽情報やフェイクニュースに精通している人がいるかもしれません。そこで、画像にこんなメッセージを添えておきました」

〈貴社の社員が、SNS上で社名と素顔を曝して、このような卑猥な漫画を公表しているのを発見し、注意喚起のため送付させていただきました／良識ある市民より〉

橘が鞄から取り出した紙切れを見て、俺は大きくうなずいた。

「なるほど……あたかも外部の人間が、偶然標的たちのアカウントを発見したように装うことで、偽造したプロフィールの信憑性を補完したわけですね？」

俺の問いに橘は無言でうなずき、さらに補足説明をつづけた。

「二次創作自体の是非はさておき、そして、内容がエロ漫画とはいえ、個人的な趣味の範囲内であれば、それについて会社がどうこう言う権利はありません。でもこんなふうに、ネット上で素顔と社名を曝しながらいかがわしい漫画を発表している社員がいるとなると、話は別です。先ほども言ったように、取引先や株主などの目に触れたら、今後の事業や会社の存続にまでかかわってくる――標的たちの上司は誰もがそう考え、部下を厳しく追及したはずです。もちろん、当の本人には身に覚えがないことですが、否定するともっとまずいことになります」

「もっとまずいこと……というと？」

「この画像が捏造であると証明するためには、自分のXの画面を見せる必要があります。でも……私も全員のアカウントをチェックしましたが、とてもじゃないけど会社の上司に見せられる代物じゃないです。自己紹介文に「未成年の閲覧・フォローお断り」と書かれていたり、さらに過激な漫画を格納している裏サイトへのリンクもあったりするので。そんなものを会社の人間に見られるくらいなら、こちらの画像を本物ということにして、『社名公表の罪』を甘んじて受けたほうがマシだと、全員が判断したでしょう」

そこまで話すと、橘はふっと微笑んだ。「ざまあみろ」という笑い方だった。

「とはいえ、上司に突きつけられたエロ漫画の中には、性器のモザイク処理をしていない濡れ場シーンもあったので、当人は穴があったら入りたいどころか、その場で机に頭を打ちつけて死にたくなったと思います。でも、もちろんそんなことはできないので、代わりに退職届を出したということでしょう。興信所の報告では、封書の到着から一週間以内に、23人全員が退職したということです。なかには当日に会社を飛び出し、翌日から出社しなかった輩もいたそうですよ」

まあ、それも無理ないですね、と言いかけ、とっさに口をふさいだ。

自分でも甘いとは思うが、そのときの標的たちの心情を思うと、敵ながら同情しそうになった。そして、そんな非情で容赦のない作戦を思いついた橘こそ、絶対に敵に回したくない相手だと思った。

以上で報告は終わりです、と満面の笑みで締めくくった橘に、「お、お疲れ様でした」と頭を下げた。まるで彼女の部下にでもなった気分だった。

4

西日が沈みはじめた頃、橘を最寄り駅まで送っていった。今回は観光も寄り道もせず、このまま羽田に直行して、午後8時の便で札幌に帰るという。

帰宅ラッシュでごった返す駅前の舗道を歩きながら、俺は初めて橘にLINEを送った日のことを思い出していた。

あのときは世界中が敵に見えていた。誰もかれもが闇の中からさやかを攻撃し、俺は最愛の妻を喪った。加害者たちは匿名の壁に守られ、警察も法廷も裁いてはくれない。救済を求める場所など、一つもないと思った。

絶望の底で復讐を決意したものの、「最後まで私を庇ってくれた友だち」というさやかの言葉だけが頼りだった。その一縷の望みにかけ、LINEを送信した。

返信してくれた橘は、さやかが言ったとおりの誠実で心強い味方だった。もし橘に出会わなければ、俺は復讐を果たすこともなく潰れていただろう。でもまさか、さやかの「推し」のコスプレをすることになるとは思いもしなかったけど……

人波をかき分けながら改札に到着すると、橘がポケットから取り出したスマホを俺に向けてきた。

「白井さん。お別れの前にツーショット写真を撮ってもらえますか？　本当はずっと撮りたかったんですけど、さすがに図々しいかなって、遠慮してたんです」

「え、ええ……でも、いいんですか？　今日の俺はkuroじゃないですよ」

「もちろんです。私は白井佑真さんの写真が欲しいんです。イケメンなのに、中身がちょっとざんねんな旦那さんの」

「えっ……まいったなぁ。さやかの奴、そんなこと言ってたんですか？」

　橘はくすくす笑いながら、鞄から自撮り棒を取り出し、スマホをセットした。俺は人気の少ないロッカーの横まで彼女を誘導し、最初で最後の記念写真を撮った。

「あーやっぱり、まぎれもなく白井さんです。kuroさんのときとはぜんぜんちがいますね。白井さん、コスプレしたときは完璧にアニメの湊くんになりきってましたもんね。絶対レイヤーの才能ありますよ。でなきゃ、初出場でポスカ300セットも売れませんって」

　写真を確認した橘がはしゃいだ声で言った。彼女にとっては、ポスカ完売がよほど嬉しかったのだろう。

　それまでの俺なら、「そんなこと言われても、ちっとも嬉しくありませんよ」と臍を曲げていた。でもこのときは本当に嬉しかった。なぜなら次の作戦では、演技力が最大の武器になるからだ。

　そんなことをしているうちに、空港チェックインの時間が迫っていた。いよいよ改札を抜ける間際、橘は俺を見て目を潤ませた。思わずもらい泣きしそうになったとき、彼女の口から思いもよらぬ言葉がこぼれ出た。

「白井さん。最後まで黙っていようと思いましたが……奴らへの『社会的抹殺作戦』、本当はすごくきつかったんです。だってあの作戦で、私は生まれて初めて他人を冤罪に陥れたんですから」

はっとして彼女を見た。橘は靴の爪先に目を落とし、唇に小さな笑みを浮かべた。

「白井さん、私が奴らへの制裁を楽しんでると思ったでしょう？ それは半分、事実ですし、あえてそう見せていたというのもあります。でももう半分は……苦しかったです。いわゆる良心の呵責ってやつで、私なりに悶え苦しんだんですよ。さやちゃんの仇を討つためでなかったら、私だってあんなことはしたくなかったです」

「橘さん……そうですよね。すみません、俺、作戦の成果ばかりに気をとられて、橘さんの心情にまで思いが至らなくて……」

いいんです、と橘は首を振った。そして手にしたスマホで、さやかとのツーショット写真を呼び出した。出張ついでのランチのときに撮ったものにちがいなかった。

「白井さん、私、書類を準備しているあいだ、ずっと考えていました。いまの私を見ながら、さやちゃんはきっと天国で泣いているだろうなって。『かえでさん、お願いだから、私のためにそんなことしないで』って……復讐は結局、遺された側の自己満足にすぎないのかもしれないです」

左胸に弾丸で穴を空けられたような痛みが走った。俺は奥歯を噛みしめ、かろうじてうなずいた。

「でも、それでも……悔しいじゃないですか。あんまりにも不公平じゃないですか……だから私は、さやちゃんが味わった苦しみの、せめて半分でも、あいつらに味わわせてやりたい……札幌の家で、一人で作業を進めているとき、その気持ちだけが支えでした」

両目から涙がこぼれる前に、橘はハンカチで目を押さえた。でもどのみち、足早に帰途を急ぐ周囲の人々は、ごった返す改札の前で誰が泣いていようと気にもしない。すぐそばに注意喚起のポスターが張られていようと、歩きスマホをしている者がはなからそれを見ていないのと同じように。

俺は橘の正面に立って姿勢を正し、膝に頭がつくほど深くお辞儀をした。

「橘さん、今まで本当にありがとうございました。札幌に帰ったら……いや、この改札を抜けたら、俺のことも、俺と出会ってからのことも、全部忘れてください。そしてふつうの暮らしに戻って、自分の幸せだけを考えてください」

橘はハンカチで涙を拭いながら首を振った。

「白井さん……それはできません。だってまだ、さやちゃんの復讐は終わってな……」

「前にも言ったとおり、バロンは俺だけで仕留めます。さやかにトレパク冤罪をふっかけたあいつだけは、絶対に許せない。俺はさやかの夫として、必ずあいつを地獄に叩き落とします」

白井さん……と呟いた橘をその場に残し、踵(きびす)を返して人波に潜り込んだ。たぶんもう、彼女に会うことはないだろう。そうすることが正しいのだ。これからの俺の運命を思えば——

復讐は結局、遺された側の自己満足にすぎない……その晩、かりそめの眠りにつくまで、耳の奥で橘の言葉がこだましていた。

第6章　愛の証明

1

　橘の来訪から二週間あまり。7月に入り、ようやく梅雨明けが宣言された。気温は連日35度を超え、ニュースの気象予報士の「本日も猛暑日です」というのが決まり文句になっていた。

　いつからだろう、夏の天気予報で、天気より気温の話が取り沙汰されるようになったのは。台風や落雷も人命の危機があるが、それ以上に熱中症で亡くなったり、救急搬送されたりする人が目立つようになってきたからだろう。

　さやかが亡くなった昨年の12月が、もうずいぶん昔のことに思える。季節の移り変わりは残酷なほどのスピードで、あの日の記憶を過去へ過去へと押しやっていく。

　冷えきった浴室で、夢中で抱きしめた彼女の体にぬくもりはなかった。死後、それほど時間がたっていたわけではないのに、冷たい冬の朝の空気にどんどん体温を奪われていったのだろう。

　浴槽から引き上げた腕から流れる血の生あたたかさと、鼻腔(びくう)を刺す血の匂いを今でも思い出す。いずれの感覚も、おそらく一生消えはしない。消えなくていい。さやかと過ごした幸福な日々の記憶とともに、墓場までもっていくつもりだった。

「さやちゃんが味わった苦しみの、せめて半分でも、あいつらに味わわせてやりたい……」

別れの日、改札前で橘はそう言った。

俺は橘ほど優しくない。最後の標的であるバロンには、さやかと同じ……いや、それ以上の苦しみを味わわせてやる。

2

橘が授けてくれた興信所の調書によれば、バロンこと木元真由の年齢は38歳。独身の一人暮らしで、住所は中野区鷺宮、仕事は個人病院の医療事務ということだった。

年齢や職業はさておき、住所が中野区と知って安堵した。彼女と接触するために、最悪北海道や沖縄への遠征も覚悟していたからだ。

「近場の人でよかったね、佑真くん。この子とヤるとき、三鷹のあたしの仕事場を使いなよ」

例によって一緒に夕食を食べているとき、興信所の調書を見ながら香さんが言った。

「お義母さん。この子と、じゃなくて、この子を、に言い直してください」

俺は苦い顔で手を差し出した。香さんは、あっ、とひと声上げてから、

「ごめん、いまのはホントに言い間違えた！」

俺とさやかの遺影に謝ってから、仕事場の鍵を渡してくれた。

俺が木元真由にコンタクトをとり､夕食デートに誘ったのは、それから二週間後のことだった。

5月4日の同人誌即売会で、俺のスペースに真っ先に並んだ客が木元だった。つまり俺にとって本気で殺したい女が、イベントの開始直後にいきなり目の前に現れたのだ。

奴が自ら「バロン」と名乗った瞬間、反射的に瞳孔が開き息が止まった。同時に、峰岸の言葉が脳裏をよぎった。さやかのトレパク疑惑について調べてくれたときの言葉だ。

――一番最初の投稿者は、このバロンって絵師みたい。日付は11月6日。内容はさっきの2枚の絵と、トレパクを匂わせたコメント。〈私の目の錯覚でしょうか？　ご新規sayaさんの絵がベテランmikaさんの絵にそっくりなんですが〉ってやつ。それがあっという間に拡散して、sayaさんをなじるコメントが殺到したみたい――

全身が殺意で総毛だった。それを抑え込むためにとっさに目を閉じ、胸の奥でさやかの名を呼んだ。穏やかに微笑む彼女を思い浮かべると、周囲の喧騒がすうっと遠のき、俺は自宅リビングのソファでつかの間さやかと笑い合った。

ふたたび目を開けたとき、まるで憑き物が落ちたような気分だった。白井佑真の俺は消え、コスプレイヤーkuroの魂だけが肉体に宿っていた。

　俺はとびきりの営業スマイルをバロンに向け、「来てくれてありがとうバロンさん。俺、すっごく嬉しいよ」と、日下部湊になりきって話しかけた。バロンはよだれを垂らさんばかりに大口を開け、「は、はひっ！」と締まりのない返事をした。ついさっき、目の前の男に絞殺される危険性があったことなど知る由もなく。

　LINE通話で木元に電話をかけたとき、俺はまずその話を持ち出した。

「木元さんのことは、ほかの誰よりもはっきり覚えています。初めてのイベント参加の、初めてのお客様だったので」

「そっ、そんなー、嬉しすぎますー！　ていうかkuroさん、電話のお声もめちゃくちゃセクシー！　録音したいくらいですぅ！」

　木元の喋り方は、金切り声で有名な女芸人そっくりだった。いまどきの女子高生だって、もっと落ち着いた話し方をするだろう。興奮による上擦(うわず)りと鼻息もあいまって、非常に聞きとりづらかった。

　のっけから心が折れかけたが、さやかの遺影を見て気合いを入れ直した。そして、あらかじめ用意しておいた台本を読み上げた。

「木元さん、もしよろしければ、もう一度お会いできませんか？　イベントではお互いサークル参加で、ゆっくりお話しする時間もなかったので」

「で、でも……イベントでは、kuroさん、おおぜいの女性とLINE交換されてましたよね？　ほかの女性もこんなふうに、デートに誘っているんですか？」

すぐに飛びついてくるかと思ったが、意外にも木元は慎重な反応を示した。声も1オクターブ下がり、探るような口調になった。

面食らって黙り込んでいると、木元のほうから言葉を継いできた。

「あ、ごめんなさい！　べっ、別にいいんです、私……kuroさんに憧れている湊ファンはおおぜいいますから。kuroさんに誘っていただけただけで、天にも昇る気持ちですぅ」

脱線しかけたシナリオが軌道修正された。俺はほっとして、台本の続きを読んだ。

「よかった、OKしていただけて。じゃあ来週の週末、ディナーにお誘いしてもいいですか？」

「ディ、ディナーですか？　う、うれしい！　ぜひお願いします！」

3

ディナーの店に選んだのは、新宿駅西口から徒歩5分の場所にあるイタリアンレストランだった。いまから4年ほど前、その店で大口契約の獲得に成功した、という理由からだった。

本場イタリアのシェフが日本に移住して開いた店で、客の半数以上が在日イタリア人だという。

ネットでも「イタリア人のイタリア人によるイタリア人のためのイタリアンレストラン」と評判の店だった。

前職の営業マン時代、ネットでその絶賛レビューを目にした俺は、取引先の海外経験豊富な女性役員をその店にアテンドした。狙いは的中し、「久々に、日本人向けにアレンジしていない本物のイタリアンを楽しめました」と喜ばれた。そのおかげかどうかはわからないが、難航していた大口契約の話もまとまり、同席した上司も「グッドチョイスだったな、白井！」と褒めてくれた。今にして思えば、あれは俺の8年間の会社員生活の中で、もっとも上司に褒められた出来事だったかもしれない。

あのときは会社の経費だったし、接待の相手が大企業の役員だったので、1人1万5千円のスペシャルディナーコースを選んだが、今回は一番安い5千円のカジュアルコースを予約した。

レストランでの食事中、木元はずっと熱に浮かされたような顔で俺を見つめていた。パスタを巻いたフォークを手にしたまま、目線は向かいの席で食事をする俺に釘付けだった。

気まぐれに俺が目を向けると、慌てて目を逸らし、フォークを口に運んでちゅるちゅるとパスタをする。俺が料理の皿に目を落とすと、また視線を向けてくる。ずっとその繰り返しだった。

今日の俺はすっぴん&普段着で、日下部レイヤーのkuroではなくただの白井佑真なのだが、木元は駅の改札前で顔を合わせたときから「あ、あ、あ、あの……」とどもって言葉が出てこなくなり、再会の挨拶すらできなかった。5月のイベントでの、あの気味が悪いほどの馴れ馴れしさが嘘のようだ。

でも考えてみれば、あのときはイベントならではの異様なテンションもあったのかもしれない。加えて、「レイヤーはファンにいじられるのが仕事」と橘が言っていたとおり、木元もkuroに対しては、あんなふうに接しても許されると思ったのだろう。

店内は陽気で騒々しいイタリア人の団体客や、楽しげに歓談するカップル、お互いの新商品や接待ゴルフの話で盛り上がる社用族などで満席だった。そんななか、俺たちのテーブルだけが通夜のような静けさだった。店員や周囲の客からは、「初対面でつまずいている婚活デート」とでも思われているかもしれない。

この調子だと、あの大口契約のときのようにうまく事が運ばないかもしれないな……そんな不安を感じながら、俺は黙ってワインを飲み、パスタを食べつづけた。

「すみません、木元さん。さっきの料理、お口に合いませんでしたか？　デートの前に、お好きな食べ物を聞いておけばよかったですね」

会計をすませて店の外に出たあと、しょんぼりした顔で謝ると、木元は鞄が俺に当たりそうなほど両手を振り回して言いわけをした。

「ちっ、ちがうんです！　い、いつもは私、め、めちゃくちゃ大食いなんですけど、きょ、今日はkuroさんに見とれちゃって……む、胸もお腹も、いっぱいになっちゃって……」

「……そうですか、ならよかった。僕はお腹は膨れたんですけど、グラスワインだけじゃ飲み足りなくて……もしお時間が許せば、2軒目に付き合っていただけませんか？」

これは俺が考えた台本ではなく、ベストセラー『ホストに教わる！　絶対落とせる口説き文句』に出ていたフレーズだ。「口下手な佑真くんのために買っておいたわ。木元に会うまでに、これでしっかり勉強しておくように！」と香さんに渡された本だ。セリフだけでなく、できるだけ甘い声音を意識し、日下部風のにっこり笑顔も忘れなかった。

木元の反応は凄まじかった。顔の紅潮も鼻息の荒さも口のどもり具合も、それまでより格段に激しくなった。

「じっ、時間はぜんぜん大丈夫です！　あっ、じゃ、じゃあ……バ、バーにでも……行きましょうか……わ、私……お酒は強くないんですけど……ビ、ビールか、甘いカクテルなら……」

「う～ん、バーですか……それはちょっと、どうかな……」

俺が顎に手を当てて考え込むふりをすると、木元の紅い顔に戸惑いの表情が広がった。

もちろん、俺はバーに行く気はさらさらなかった。今夜の真の目的を果たすために、そんな寄り道をするつもりはない。

先の指南書には、〈彼女の提案と自分のもくろみがちがった場合、少し焦らしてからこちらの希望を伝えましょう〉と書かれていた。〈ただし、この方法が有効なのは、恋のシーソーゲームで自分が優位に立っている場合に限ってです〉

「木元さん。もしよかったら、これから僕の家に行きませんか？　酔ったり眠くなったら、ソファか僕のベッドを使ってもらえばいいし。ただ……朝まで何もしないって保証はできないですけど……」

木元は弾かれたように顔を上げた。俺はぱっと顔をそむけ、咳払いをして照れているふりをした。これも本に載っていた「テクニック」だ。

「く、kuroさん……あ、あの……それって……」

「恥ずかしいから二度は言わせないでください。木元さんが嫌なら、無理には誘いません」

い……いやじゃないですぅ……喘ぐように答えた木元は、膝が震えてまともに立てなくなった。

妄想の世界で何百回と抱かれていた男と、もうじき本当に寝ることができる……そんな思惑を読み取りながら、俺は木元の豊満な腰を抱き寄せ、通りかかった流しのタクシーに手を上げた。

いよいよ正念場だ——車窓を流れる夜景を見ながら、そう自分に言い聞かせた。さやかの無念を晴らすためなら、俺は俳優にも鬼にもなれる。

4

タクシーが到着したのは、もちろん三鷹にある香さんの仕事場だった。

事前に香さんに言われていたとおり、タクシーを降りてから〈着きました〉とLINEで報告した。すぐに返信があった。〈了解です。あたしは何もできないけど、佑真くんの無事を祈ってます〉

香さんらしいな、と思った。祈るのは俺の無事だけで、さやかの復讐については一言も書かれていない。今年の2月、俺が復讐の心づもりを打ち明けてから、香さんはずっと一歩引いた立場を貫いてきた。

橘の言うとおり、復讐が遺された側の自己満足だとしたら、それを満たしたいのは俺だけで、香さんにとってはどうでもいいことなのかもしれない。

反対側のドアから降りた木元は、周囲に人家の明かりもなく、薄闇にぽつんと佇む平屋の一戸建てを見て、「こ、ここが、kuroさんのおうちなんですか？」と上擦った声を上げた。

「ええ、そうです。すみません、垢ぬけない掘っ立て小屋で。瀟洒な高層マンションを想像されてましたか？」

「い、いいえ、とんでもない！　も、森の奥の隠れ家みたいで、とっても素敵です！」

俺は微笑んで木元の手を握り、門を抜けて庭に入った。木元の手は何かの発作のように、激しく震えていた。

玄関から居間に入ると、木元は感激の叫びを上げた。窓を除く三方の壁に、日下部湊のポスターがびっしりと貼られていたからだ。香さんの手を借りながら、昨日のうちに用意しておいた壁面装飾だ。

「ス、ステキ……！　く、kuroさんって、湊くんにそっくりなだけじゃなく、ほ、本当に彼が好きなんですね……」

「ええ。どうすればもっと湊くんに近づけるか、日々研究しています」

居間には3人掛けのソファのほか、香さんが自宅から持ち込んだ家具が並び、廊下の奥にはトイレやシャワー室、簡素なキッチンもついている。居間の奥のカーテンを開けてシャンプー台を見せないかぎりは、ここが美容院だと気づかれる要素はなかった。

窓際のソファに木元を座らせてからキッチンに行き、調理台の引き出しから折りたたみ式のフルーツナイフを取り出してズボンのポケットに突っ込んだ。これも昨日のうちに用意しておいたものだ。それから、冷蔵庫を開けて冷えた缶ビールを2本取り出し、スティックチーズやミックスナッツの小袋とともにトレーに載せて居間に戻った。

酒に強くない、と言っていたとおり、ビールをいくらも飲まないうちに木元の顔は真っ赤になった。俺に会ってからずっと赤かったのだが、興奮による紅潮に酔いの火照（ほて）りが加わって、熾火（おきび）

のような紅蓮(ぐれん)色になった。

酔いの勢いか、木元の様子が変わってきた。俺への恥じらいが薄れ、態度や言葉遣いが大胆かつ粗暴になった。ついさっきまでは軽く手を握っただけで震えていたのが、水商売の女のように甘ったるい声で「あぁん、酔っちゃったぁ！　もうkuroさんったら！　私がこうなるのわかってて誘ったんでしょ！」と喚(わめ)きながら俺の左腕にしがみついてきた。気色悪いことこの上なかったが、吐き気を堪えて笑みを浮かべ、「だから言ったでしょ、下心があって誘ったって」と甘い声で囁いた。

一緒に缶ビールの蓋を開けて乾杯したが、俺が飲み口に唇を当てただけで、一滴も飲んでいないことに木元は気づいていない。ビールはおまえをヤッてから一気飲みしてやるよ、などと考えていることも。

右手をズボンのポケットに入れ、中にあるナイフの柄(え)を握りしめた。このナイフで木元の首の動脈を切り裂けば、すべては終わる。

たとえ、さやかがそれを望んでいなくても……

そのとき、木元が背もたれから身を起こし、妙に据(す)わった目で俺の顔を見た。そして「やっぱり……」と呟いた。

背筋に鳥肌が立った。まさか木元は、俺がここに自分を連れてきた本当の目的も、俺の正体も、はじめからわかっていたのか……いつバレた？　どうやって？

そんな自問自答に意識を奪われていると、ふいに木元が俺から視線を逸らし、ふっとため息を吐いた。

「やっぱり、kuroさんだけですよ、この世で『リアル湊』って呼んでいい男性は。なのにあの女ときたら……何をトチ狂ったかXに自分のダンナの写真をアップして、『湊くんに瓜二つ』なんてポストしやがって……」

耳がピンと立った。木元の言う「あの女」とは、間違いなくさやかのことだ。

さやかがXにそんなポストをしていたとは驚きだ。でも、俺の正体が木元にバレていないことがわかり、冷静さが戻ってきた。俺は興味をもったふりをして、木元の口からさやかの話を引き出すことに決め、ひそかにスマホの録音アプリを起動した。

「へえ、そんな女がいたんですか。ちなみに、なんて名前ですか？」

「sayaって女です。いちおう、日下部界隈の絵師なんですけど……そいつ、『プティガト』の連載が終わってから界隈に入った新参者のくせに、ちょっと人気が出たからって、いい気になって。しまいには、私が崇拝する絵師さんのトレパクまでしたんですよ。でも私、そんなこととても許せなくて……勇気を出して、Xでsayaの悪事を告発したんです」

ふざけるな。なにが勇気だ、告発だ。最初からさやかを貶める目的でやったんだろうが。

腹の底からこみ上げる怒りを深呼吸でやり過ごし、「……なるほど、それは勇気ある行動でしたね」と相槌を打った。木元は顔をほころばせ、ますます図に乗って虚言を吐きつづけた。

「でもそのsayaって絵師、思ってた以上の性悪女だったんです。sayaにトレパクされた絵師さん――Mさんっていうんですけど、その人には私だけじゃなく大勢のファンがいて、その人たちもsayaがMさんのトレパクをした証拠を次々と出してくれたんです。もちろん全部湊くんの絵なんですけど、Mさんとsayaの絵を重ねると、どれも線がぴったり重なるんです。言ってる意味わかりますよね？　そう、sayaはMさんの絵をなぞって描いてたってことなんですよ」

俺は唇を噛み、無言でうなずいた。少しでも口を開けたら、「嘘ばっかついてんじゃねぇ、このブタ女！」と大声で叫んでしまいそうだった。

「それだけの証拠を突きつけられても、sayaは『ごめんなさい』の一言もなく、『私はやってません』『線が重なるのはたまたまです』って言いわけばっかしてたんです。その態度に、Mさんのファンたちも本気で怒って、Xのポストもどんどんヒートアップして、ついに『日下部湊、トレパク』がトレンド入りしちゃったんです」

「そこまでいったんですか。異常な事態ですね」

トレンド入りの話だけは事実だったので、俺は正直な感想を言った。木元は一瞬苦い顔をしたが、すぐに横暴な顔つきに戻って言い放った。

「ですよね。けど、そこまでになったのは、sayaがトレパクを認めて謝罪しなかったせいですよ。でもあいつ、その後Xにもイラスタにも姿を見せなくなったんです。自分のしでかしたことがトレンド入りして、これ以上はヤバいってやっとわかったんでしょう。ま、いい気味です。ダンナのノロケも含めて、あいつ、めっちゃ調子こいてたんで」

「それなんですけど、木元さん。さっき木元さんが言ってた『湊くんに瓜二つ』っていう夫の写真、sayaはXにアップしてたんですか？」

「え？……あ、はい。一年以上前ですかね。でも、sayaはあとで消したんですよ、そのポスト。やっぱりさすがに『身バレするかも』って理性が働いたんじゃないですか？ でも私、スクショしてとっておいたんです。アンチsaya仲間のネタに使えるなって思って。実際、回覧したら、みんなめっちゃウケてくれました」

どこまでも腐った女だ。奥歯をギリギリ噛みしめていると、木元は不敵な笑みでスマホを操作し、目当てのスクショを探し出した。

「あー、あったあった、このポストです。saya自身は素顔曝（さら）してますけど、ダンナの顔はハートマークで隠してます。まあ、とりあえず見てみてください。sayaのバカっぷりがよくわかりますから」

渡されたスマホに映っていたのは、たしかにXのさやかのポストで、去年の4月に投稿されたものだった。さやかが『プティガト』にハマり、日下部湊の絵を描くようになったのは、たしか同年3月だった。

この頃のさやかは『プティガト』や日下部湊にハマったばかりで、たぶん「同担はみんないい人」だと信じていたんだ。まだ知識も浅いためにSNSへの警戒心もうすく、うっかり私生活を曝してしまったんだろう。

その写真には、俺自身はっきりと見覚えがあった。一昨年の夏休みに旅行で訪れたグアムで撮ったもので、さやかも俺も笑顔でVサインをしている。さやかは素顔だったが、木元の言うとおり、俺の顔はハートマークで隠されていた。

俺は写真についたポストを読んだ。それは風呂場で見つけた遺書と同じく、俺の胸を悔恨の刃（やいば）で抉（えぐ）るものだった。

〈私が湊くん推しになったのは愛しのダンナ様に瓜二つだったから♡（プライバシー保護のためダンナ様の顔をお見せできないのが残念……）〉

〈でも出会ってから一度も「愛してる」って言われたことない……最終回で湊くんに告白された颯香ちゃんが羨ましい……〉

〈でもいいの！　私がダンナ様に言ってほしい言葉、ぜ〜んぶ湊くんに囁いてもらうことにした

から。だからsayaは今日もせっせと漫画描きます！〉

真横で木元がぷっと噴き出し、丸っこい肩を揺らして笑いだした。

「ね？　バカでしょこの女。なぁにが『私がダンナ様に言ってほしい言葉、ぜ〜んぶ湊くんに囁いてもらうことにしたから』よ！　マジで頭おかしいんじゃないの？　ついでに絶対目もおかしい！　こいつのダンナの顔なんて、どうせたいしたことないに決まってる！　だって、この世に湊そっくりのイケメンなんて、kuroさんしかいないもん！」

喚きつづける木元を無視し、俺は目を閉じて記憶の泉に手を入れてみた。

そうか……そうだったんだ……

俺は日下部に嫉妬する必要なんてなかった。なぜなら、さやかは日下部の中に、ずっと俺の姿を見ていたのだから……


——湊くんのファンは、原作でも指折りに美形な彼のビジュアルに夢中ですけど、さやちゃんはちがったんですね。湊くんが旦那さんに似ているから、好きになったんだと思います——

橘は知っていたんだ。さやかが話したのかもしれない。そもそも俺がいなければ、さやかは日下部を好きにならなかったのだということを。

さやかは『プティガト』を読んで、俺そっくりの日下部湊にハマった。そして二次創作の世界を知り、そこではあたりまえのように、自分の好きなキャラに自分が言ってほしいセリフを言わせる漫画や小説が創作されているのを知った。

だからさやかはあんなに熱心に、どんなに仕事が忙しくても、寝る間を惜しんで日下部を描きつづけていたんだ。夫である俺に言ってほしい言葉を、俺の代理である日下部に言ってもらうために。

ふいに、忘れていた記憶がよみがえった。昨年3月、ひな祭りの日の夕食後のことだ。

このポストをする前に、さやかは俺に最後のサインを送った。あのとき、俺が彼女の気持ちにきちんと応えていれば、さやかはこんな投稿はしなかったはずだ。

「ねえ佑くん、どうして一度も『愛してる』って言ってくれないの?」

「い、言わなくたってわかるだろ、そんなこと……そもそも、好きでもない人と結婚なんてしないよ」

「じゃあ教えて。佑くんは私のどこが好き?」

「ん、んーと……ぜ、全部!」

「全部……？　な、なにその答え！　真面目に答えるのがそんなにめんどくさいの？　もういい！　佑くんのバカ、ドケチ！　私も金輪際、佑くんに『好き』とか『愛してる』なんて言ってあげないから！」

　さやかは怒って席を立ち、リビングを出ていった。大きな音を立てて閉められたドアに向かい、俺は力のない声で呟いた。

「な、なんで怒るんだよ。全部って、さやかが俺の理想の女って意味じゃん。はあ……マジわかんねぇ女って……」

　たぶんあのとき、さやかは俺に期待するのを諦めたんだ。代わりに日下部に囁かせるようになった。俺にどうしても言ってほしかった、その言葉を――

「……愛してるよ」

　スマホの共有アルバムから探し出した写真の、Ｖサインで笑うさやかに囁いた。同時に涙が溢れ出た。

　どうして一度も言ってあげられなかったんだろう、こんなに単純で簡単な言葉を……いまさら１００万回囁いても、君の耳には届かないのに……

「あ……愛してるよ。俺は君を……君さえいれば、俺にはほかに何もいらなかった……え、永遠に……愛してるよ……」

「kuroさん……嬉しい……そんなに私のことを……」

シャツの袖で涙を拭った。そして、胸の前で両手を組み、潤んだ目で俺を見つめる木元の眼前に、スマホをぐっと突き出した。

「勘違いするな、クソアマ。いまのはおまえに言ったんじゃない。愛する妻に言ったんだ！」

スマホを見る木元の目が大きく開かれていく。すぐに自分のスマホをタップし、さっきの写真と見比べた。

「えっ……お、同じ写真？　ハ、ハートマークがないってことは、kuroさんのがオリジナル？　じゃ、じゃあ……もしかして、kuroさんなの？　さ、sayaのダンナって……」

「そうだ、木元……いや、バロン。おまえがトレパク冤罪をふっかけたsayaは……さやかは、俺の最愛の妻だ！」

木元の胸倉を掴んでぐいっと引き寄せ、ポケットから出したナイフの刃を首筋に押し当てた。

木元の黒目が下に動き、白く光る銀の刃を見てヒッと息を呑んだ。

「やめてぇっ、なにするのよ！　たかだかSNSの投稿くらいで人を殺すなんて、狂ってる――」

「おまえのせいで、さやかは風呂場で手首を切って死んだんだよ！」

俺を見る木元の目が大きく開かれた。その赤黒く濁った瞳に映る俺は、俺自身も見たことがないほど醜い鬼の形相をしていた。

「そ、そんな……そんなの私、し、知らなかっ……」

「うるせぇクソアマっ！　おまえのせいでさやかは自殺したんだ！　おまえがあんなデタラメな投稿をしなければ、さやかが無実の罪で誹謗中傷に晒されることも、そのせいで心が壊されることもなかった。おまえが……おまえさえいなければさやかは死なずにすんだんだ！」

首筋にナイフをぐっと押しつけ、そのまま一気に手前に引いた。ぐにゅっと肉を切る気味の悪い感触、ついで赤い鮮血が勢いよく噴き出す。同時に木元はソファから転げ落ち、ぎゃああっ、ぎゃああっ！　と叫びながら床の上を這いずり回った。血が噴き出した箇所を両手で押さえているが、出血の勢いはすさまじく、なんの役にも立たなかった。

返り血を浴びた俺も、ペンキの缶を投げつけられたみたいに全身が真っ赤に染まっていた。以前は包丁で指先を切ったさやかの血を見ただけで悲鳴を上げていたが、今は恐怖というものをいっさい感じなかった。

のたうち回る木元を見下ろしながら、感情も抑揚もない声で言った。

「切るのは1回だけにしてやる。失血死までのカウントダウンだ。ゼロになるまで、さやかと同じ苦しみを味わえ」

チビデブ体型の木元の体重は俺と同じかそれ以上、少なく見ても60キロはある。血液の全量が

5リットルだとして、そのうちの20％、1リットルの血が出れば失血死に至る。おそらく3分以内にはケリがつきそうだ。

1分を過ぎた時点で、木元の様子に異変が起こった。うう〜っ、うう〜っ、と唸り声を上げながら、両腕を軸にして俺のほうに身体の向きを変えた。そして赤黒く膨れあがった顔を持ち上げ、切れ切れの声で語り出した。

「……く、kuro……い、いえ、sayaの、旦那さん……さ、最後に、聞いてよ……sayaをトレパク犯にしようって言い出したのは……わ、私じゃない……み、mikaなのよ……」

「mika……mikaだと？」

まさかと思った。だが心のどこかで、やはりと思う自分がいた。

俺は床に跪き、木元の胸倉を掴んで引き起こした。

「おまえの言うmikaは、さやかにトレパクされたっていう絵師のことか？　今年5月のイベントにも出ていた女だな？」

木元が小さくうなずいた。

「mikaは日下部界隈のナンバーワン絵師だった。さやかが界隈に現れるまでは――そうだな？」

木元はまたうなずき、凍死寸前のように青ざめた唇を震わせながら、懸命に言葉を絞り出した。

「そ、そう。そのmikaが……sayaの絵を、じ、自分のトレパクに見えるように……う、うまく加工して……その画像を……え、Xに上げろって……」

「mikaはなぜそんな指示をおまえに？」

「た、たぶん……新参のsayaに、あっという間に……フォ、フォロワー数を抜かれたから……く、悔しかったんだと思う……あ、あの人、ああ見えて、めちゃくちゃプライド高いから……そ、そんなこと、表立ってはぜったい……言わないけど……」

「mikaは一度もトレパクの件でポストしていない。さやかの誹謗中傷もだ。つまりmikaは、おまえたち取り巻きに汚れ役を押しつけたってことか？」

「そ、そう……あ、あの人、界隈の……じょ、女王様だから……そ、それに、自分が黙ってたほうが……か、かわいそうな被害者に……見えるでしょ……」

思わず固唾（かたず）を飲んだ。

木元の言うとおりだとすれば、mikaはなんという計算高い女だろう。イベントで目（ま）の当たりにした人の良さと腰の低さに、完全に騙された。

「だ、だから、mikaは私たちに……さ、sayaの悪口をどんどんポストしろ……sayaにダイレクトメッセージを送りつけろ……そ、そしたら……報酬として、あ、あんたたちの絵を、バンバン……リ、リポストしてやるからって……」

「リポスト？　どうしてそれが報酬になるんだ？」

「み、mikaみたいなフォロワーの多い大手に……リポストしてもらうと……お、おおぜいの人に閲覧されて……い、いいねもブクマも、け、桁違いに増えるの……だ、だから……」

「……おまえは……おまえらはそんなことのためにさやかを……！」

呆れが怒りを凌駕し、それ以上なにを言う気も失せてしまった。「大金につられた」という理由のほうが、まだ納得できた。

木元の身体が激しく震えはじめた。体内から夥しい量の血液が失われ、もう喋ることも不可能な状態になったようだ。

胸倉を掴んでいた手を開き、木元を床に放り出した。返り血に濡れた前髪の隙間から、痙攣する太った肢体を冷めた目で見つめた。こいつは死ぬ、もうじき死ぬ。だが、さやかの復讐はまだ果たせていない――

「佑真くん！」

入口のドアが開き、香さんが飛び込んできた。「見ちゃダメです！」と叫んだが、かまわず俺のそばに駆け寄ってきた。

床に倒れた血だらけの木元を見て、香さんはうっと呻いた。言わんこっちゃない、と思いながら2人の間に入り、木元の姿を隠した。

「お義母さん、なぜ来たんですか？　言ったでしょう、木元は俺一人で片づけるって……」

「あらあら佑真くん、ずいぶん浴びちゃったね、返り血。色男が台無しだから、すぐにシャワーを浴びてきなさい」

香さんはいつもの笑顔になり、胸に抱えた紙袋を俺に差し出した。

「ほら、着替え持ってきた。いま着ている服を入れるビニール袋も入ってるから」

「……わかりました。警察には、着替えてから通報します」

香さんにはあらかじめ、木元を殺したらすぐに自首すると伝えてあった。復讐の決意を伝えたときから、香さんもわかっていたのだろう。取り乱すこともなくうなずいてくれた。

居間を出ていこうとして、大事なことを思い出した。部屋の隅に置いた鞄を探り、厚みのある封筒を取り出した。

「あ、あの、お義母さん……これ」

「ん、なに？　その封筒」

「リフォーム代です。血のついた床や壁紙の張替えに使ってください。100万円じゃ足りないかもしれないけど……」

香さんは肩を揺すって笑った。

「佑真くんって、変なところで気が利くよね。でも、いらない。このお金は、次の女性に贈る結婚指輪にでも使いなさい」

さやかの遺書で受けたショックがよみがえり、間髪容れずに叫んだ。

「お義母さん、前にも言いましたが俺は再婚なんてしません！　それに俺はもう殺人犯だし……」

「いいから、シャワーを浴びてきなさい。警察への通報は私がしておくから」

香さんに追い立てられ、俺はしぶしぶ居間を出た。

ドアを開けて廊下に出るとき、確認のため振り返ると、木元はもう震えもせず、肩や胸の上下運動も見られなかった。どうやら完全に息絶えたようだ。

5

脱衣所で血に汚れた服を脱ぎ、ビニール袋に入れて口をきつく縛った。

熱いシャワーを浴び、木元の血を洗い流していると、徒労感にも似た感情が襲ってきた。

さやかの復讐は今日で終わるはずだった。木元を殺せば、さやかの無念を晴らせると信じていた。

それなのに、木元の後ろにｍｉｋａという黒幕が控えていようとは……このまま自首して警察に捕まれば、ｍｉｋａへの復讐の機会は永遠に失われてしまうだろう。

香さんにｍｉｋａのことを話すべきか、悩みながらシャワールームを出た。どうせもうｍｉｋａを殺めることができないなら、香さんにも悔しさを味わわせるだけだ。やはり俺一人の胸にしまっておいたほうがいいかもしれない。

居間のドアノブに手を伸ばしたとき、香さんの声が聞こえてきた。それは耳を疑う言葉だった。

「……はい、そうです。髪を切りに来たお客様と、ささいなことで言い争いになって、ついカッとなってしまって……現場は三鷹駅から徒歩15分ほどの場所にある平屋の一戸建てです。これから住所を申し上げます。東京都三鷹市下連雀……」

「お義母さん！」

ドアを開けて居間に飛び込み、香さんからスマホを奪い取った。

「い、いったい何を言ってるんですか？　まさかお義母さんが罪をひっかぶるつもりじゃ……」

向う脛に激痛が走った。香さんに蹴られたと気づいたときにはスマホを奪い返されていた。すぐに香さんは居間を飛び出し、トイレに入って鍵を閉めた。

蹴られた足を引きずりながら廊下を進み、トイレのドアを叩いて必死に呼びかけた。

「やめてくださいお義母さん！　お願いですから、警察には真実を伝えてください！　でないと俺が……俺がさやかの仇討ちをしたことにならないじゃないですか！」

ああ、そうか……口に出してみて、初めてわかった。

俺と香さんと、どちらがより深くさやかを愛しているか……俺はその勝負に負けたくなかったんだ。

だってもうさやかはいなくて、彼女への愛を示すには、ほかに方法がなかったから……

自分の浅ましさと香さんへの対抗心に気づき、もうドアを叩くことも叫ぶこともできなくなったとき、香さんがゆっくりとドアを開け、「佑真くん」と俺を手招きした。

「家の前にタクシーが待ってるわ。私が乗ってきたタクシーをそのまま待たせてるの。それに乗ってうちに帰りなさい」

「バ、バカ言わないでください！　できませんよ、そんなこと！」

「早くしなさい、パトカーが来ちゃうでしょ！　さやかの最後の望みを忘れたの？　佑真くんが幸せにならないと、あの子は永遠に浮かばれないのよ！」

香さんが泣き出した。俺も一緒になって泣いた。

さやかが死んでしまった以上、俺にはもう幸せになる気なんてない。母娘そろって、どうしてそれをわかってくれないんだ。

タクシーの窓越しに、香さんと最後の会話を交わした。

「ビニール袋に入れた服は、冷水と洗剤で血をしっかり洗い落として、ほかの衣類に混ぜてバレないように処分するのよ」

ひそひそ声で言った香さんに、俺はふてくされた子どものように渋々うなずいた。伸びてきた手に頭をなでられ、仏頂面のまま真横を見ると、香さんはまた涙を流していた。

「ごめんね、佑真くん。悔しいけど、あたしの力じゃなにもできなかった。日下部湊の顔をもつ佑真くんに頼るしかなかった。だから、さやかの仇討ちは佑真くんに任せて、その罪は老い先短いあたしがかぶればいいと思ったの」

「お義母さん……」

はじめから、そんなことを考えていたんですか……胸の内で呟きながら、俺はまたも己の浅はかさを思い知らされた。

俺がさやかの復讐計画を打ち明けたとき、香さんは積極的に乗ってくるでもなく、「佑真くんがそうしたいなら、そうすれば」という雰囲気だった。俺はそれを真に受け、香さんの中でさやかの自殺は「悲しいけど、今さらどうしようもないこと」で片づけられたのだと思い込んでいた。

ふいに香さんが窓から頭を突っ込んできた。そして俺の耳元に涙声で囁いた。

「ありがとう、木元真由を殺してくれて。私の大事なひとり娘の仇をとってくれて」

最後まで聞き終えたとき、香さんは窓の外に戻っていた。溢れ出る涙で彼女の笑顔が霞(かす)む。

バカ野郎、と自分で自分を罵った。女手ひとつで育て上げたひとり娘をボロボロにされて、平気な母親なんているわけないじゃないか……

「あ、あの、お義母さん、実は……」

「行ってください、運転手さん」

香さんの声を合図に、後部座席の窓ガラスが上がっていく。遠くからかすかなサイレンの音が聞こえてくる。無実の娘は自ら命を絶ち、無実の母はもうじき警察に逮捕される。2人は口をそろえて俺に「幸せになって」と言う。むちゃくちゃだ。なにもかもむちゃくちゃだ……

「さよなら、佑真くん。いままで本当にありがとう。あなたは最高の旦那さん、そして最高のお婿さんだったわ。これからもずっと、どこにいても、佑真くんの幸せを願ってるからね」

窓が完全に閉まり、タクシーは走り出した。泣き顔で手を振る香さんを残して。

エピローグ

香さんが木元真由の殺人容疑で逮捕されてから二週間がたった。

俺は連日テレビで盛大に報道されているニュースや、無責任な憶測が飛び交うネット掲示板などの情報を遮断し、残された仕事を完遂することに時間と労力を費やした。

香さんが猶予期間を与えてくれたおかげで、一度はボツになったmikaへの復讐が実現可能プロジェクトに変わった。段取りは木元のときと同じ。ちがうのは、ヤる場所がホテルの部屋だということだ。

木元の血で汚れた服は、洗わずに保管してある。

俺が木元を殺した決定的な証拠は、最後の復讐が終わってから警察に提出するつもりだった。

そして香さんは釈放され、俺の罪過は倍になる。めでたしめでたしだ。

mikaは今日もひっきりなしにXにポストしていた。ほぼ3分おきに何かを呟いている。巷ではこういう輩を「X廃」と呼ぶらしいが、介護老人保健施設の管理栄養士という仕事は、そんなに手待ち時間が多いのだろうか。

木元たちがXから姿を消したあとも、mikaに媚びる信者は多数存在しているらしく、下記のようなどうでもいい呟きにも100前後の「いいね」がついていた。

〈ぴえん！　最近立てつづけにフォロワーさんが垢消ししちゃってさみしい……〉

〈みんな理由も言わずに去るなんてひどい……ガチ友と思ってたのは私だけ？〉

〈はわわ……フォロワー減で落ち込んでたら憧れのあの方からまさかのお電話！　あま～い悩殺ボイスに鼻血出たよ助けて〉

〈デ、デ、デ、デート!?　〇〇さんさっきの電話でデートって言った!?　デ、デートってあの悩殺スマイルを独り占めしていいってことだよねそうだよね!?〉

　俺は冷笑を浮かべたままXを閉じ、mikaこと的場弥生（まとばやよい）にLINE電話をかけた。ワンコールで的場は出た。まるで俺からの電話を待ち受けていたみたいに。いや、実際そうなのだろう。

「あ、こんにちは、弥生さん。いま、ちょっとお話しできますか？」

「は、はいっ！　なんでしょう、kuroさん」

「今夜のホテルディナーなんですけど、実は……食事だけじゃなく部屋も予約してしまいました」

「えっ、ええええっ！……え、えっと……それって、つまり……」

「すみません。まだ3度目のデートで性急すぎるかなと思ったんですが、どうしてもあなたへの想いを抑えられなくて。もちろん弥生さんがいやなら、食事だけで帰っていただいてけっこうですから」

「い、いやだなんてとんでもない！　め、めちゃめちゃ嬉しいです……あっ、もうダメ……胸がドキドキして死にそう……」

「はは、僕もですよ。でもよかった。そう言っていただけて……では今夜、楽しみにしています」


3年間の幸福な結婚生活を送らせてくれた3ＬＤＫの部屋に感謝を込めて、出発前に掃除をすることにした。俺の掃除の腕前は、さやかにはとてもかなわないけれど。

さやかは料理より掃除が好きで、休日には部屋の隅々までピカピカに磨き上げていた。平日は仕事でたいへんなんだし、休日くらいゆっくりしなよ、と言うと、さやかは汗に濡れた顔をエプロンで拭い、笑顔で俺に抱きついた。

「いいの、私がしたいんだから。だってこのマンションは、大好きな佑くんとの愛の巣だもん。外でどんなにつらいことがあっても、ここに帰ってくればほっと安らげる。いつもそういう場所にしておきたいの」

寝室に掃除機をかけたあと、クローゼットを開けて、ハンガーにかかったさやかの服を両手で抱きしめた。繊維の隙間に染み込んだ、懐かしく甘い香りに涙腺を揺さぶられ、声を上げてひとしきり泣いた。

俺がいなくなったあと、この部屋の管理は両親に頼むつもりだった。刑期しだいでは売却してもらってかまわない、親不孝な息子でごめんなさい、とも。

さやかのカップでコーヒーを飲み、鞄に荷物を詰めた。ルームウェアを脱いでチノパンを履き、白シャツの上にジャケットを羽織った。

これから的場の住む横浜市内のホテルに行き、1階にあるレストランで夕食をとったあと、彼女の手を引いて予約したツインルームに入る。段取りはすべて整った。

線香をあげ、さやかの遺影に手を合わせた。

「じゃあ行ってくるよ、さやか」

玄関で靴を履く直前、大事なことを思い出した。あわててリビングに戻ると、さやかは微笑んで俺を見ていた。

コホン、と咳払いをし、恥じらいを抑えるために深呼吸をした。

そしてさやかの写真を手に取り、永遠に瑞々(みずみず)しい唇に口づけた。

「愛してるよ、さやか。俺は君に出会うために生まれてきたんだ」


〈完〉

トレパク冤罪

2025年5月1日　第1刷発行

著　者　小宮（こみや）サツキ
イラスト　五月雪

発行者　太田宏司郎
発行所　株式会社パレード
大阪本社　〒530-0021　大阪府大阪市北区浮田1-1-8
TEL 06-6485-0766　FAX 06-6485-0767
東京支社　〒151-0051　東京都渋谷区千駄ヶ谷2-10-7
TEL 03-5413-3285　FAX 03-5413-3286
https://books.parade.co.jp
発売元　株式会社星雲社（共同出版社・流通責任出版社）
〒112-0005　東京都文京区水道1-3-30
TEL 03-3868-3275　FAX 03-3868-6588
印刷所　創栄図書印刷株式会社

ISBN 978-4-434-35725-1　C0093